내일의 엔딩

내일의 엔딩

김유나 소설

차례

제1부

희망도 절망도 아닌

1

고향집으로 운전해 가며 자경은 총 열두통의 전화를 걸고 받았다. 내용은 가지각색이었으나 전부 업무 전화였고 대개가 마감 시한에 관한 것들이었다.

대전 톨게이트를 지나자마자 약속이나 한 듯 고객사 두곳에서 전화가 걸려온 것이 시작이었다. 회사 계정으로 예약 메일을 걸어둔 시간이 그쯤이라 그런 것 같았다. 자경은 아쉬운 마음으로 라디오를 껐다. 직전까지 흘러나오던 곡은 변진섭의 「숙녀에게」로, 자경이 어느 한 시절 즐겨 부르던 노래였다. 몇살 때였을까. 아마도 이십대 초반. 그때 자경은 세상사 크고 작은 것들에 불만이 많았고, 사람들과 함께하다 찌릿하고 뭉클한 감정을 느낄 때면 작은 옷에 억지로 몸을 끼워 넣은 것처럼 불편해 혼자만의 방으로 숨어들곤 했다. 그렇게 숨어 노래를 듣고 부르고 영화를 보고 책을 읽었다. 자경이 느끼기에 그렇게 보내는 시간은 풍부하고 또 안전했다. 노랫말이나 이야기를 따라가다보면 시간은 팽이처럼 한자리를 돌기 시작하다 자경의 마음에 딱 맞는 모양으로 안락하게 움푹 패곤 했으니까.

혼자가 편하다는 점은 지금도 크게 다르지 않았지만 이제 자경에게 시간은 온전히 자신의 것이 아닌 쫓기거나 쫓아가는 것이었다. 오랜만에 우연히 익숙한 노래를 들은 자경은 포근했던 그 시절 어느 순간들을 떠올리며, 지난 사흘간 긴장으로 바짝 굳어 있던 몸이 잠시 편안해지는 것을 느꼈다.

그러나 고객사에서 걸려온 전화 한통에 다시 현실로 돌아왔다. 어깨가 솟고 눈가에 힘이 들어가며 약간의 편두통이 느껴졌다. 자경은 한 손으로 핸들을 잡은 채 가방을 뒤져 에어팟을 귀에 꽂았다. 그러곤 규민씨에게 전화를 걸어 수정된 일정을 거듭 말한 뒤 공유캘린더에 체크해

달라고 부탁했고, 생방송 날짜가 닥쳐 다급하게 수정해야 할 사항은 제작팀 CP에게 전화를 걸어 고객사와 직접 소통해달라고 이야기했다. 토요일 오전이라 규민씨는 자다 일어난 목소리였고, 제작팀 CP는 가족끼리 나들이를 갔는지 곁에서 아빠를 찾는 아이의 목소리가 들려왔지만 두 사람 다 숙연한 목소리로 전화를 받았다. 회사 사람들은 자경이 상중(喪中)임을 알았다.

문제는 안 읽은 메시지 78개가 쌓인 카카오톡 채팅방이었다. 3분의 2가 외주 일감과 관련된 메시지였다. 미리보기로 슬쩍 확인한 내용만으로도 자경은 머리가 아팠다.

—보내주신 로고 시안이 다 어디서 본 것……

—바이럴 컨셉이 너무 젊은 층만 겨냥하는 건 아닌지 걱정……

—사진 촬영 기사님이 왔는데 아무리 블로그 업로드용이라지만……

—팝업스토어 조명 컨셉이 애매한데 저희가 원하는 건 저렴한데 있어 보이는……

저걸 다 언제 확인하고 답장하나, 심란해진 와중에 내

비게이션에서 '교통상황이 바뀌어 새로운 길로 안내'한다는 멘트가 나와 자경은 차선을 변경했다. 짧은 터널을 통과하자 함께 달리던 차들이 오른쪽 IC 출구로 빠져나가며 도로가 순식간에 한산해졌다. 지난 몇년간 수십번을 달리며 이미 익숙해진 도로였다. 자경은 지금이 속도를 내야 할 때라는 걸 알았다. 시원하게 밟을 수 있는 마지막 도로였다. 이 도로를 통과하고 나면 국도가 나오고, 우회전을 시작으로 몇번의 신호를 만날 것이다. 그리고 고향집에 도착할 것이다. 고향집. 해 질 녘이 되면 주황색 슬레이트 지붕의 색이 더 짙어지고, 가을날 담벼락 위로 작게 솟은 감나무 꼭대기에 대봉감이 몇개 달려 있고, 요란한 소리를 내는 철문을 밀고 들어서면 이제는 없는 아빠가 돋보기를 낀 채 늘, 항상, 무언가를 부지런히 하고 있던 곳. 말 없는 두 사람이 사는 집이었지만 이제 와 돌아보니 신기하리만치 쓸쓸했던 기억이 없었다.

　—정리 끝나면 연락 주시고요?

　핸드폰과 연동된 내비게이션 하단에 부동산 사장님의 문자 메시지가 뜨는 동시에 자경의 머릿속에 떠올랐던 다정한 고향집의 풍경이 순식간에 검어졌다. 이제 와선 다 부질없는 것이었다. 자경은 오른발에 힘을 줘 액셀을 밟아 속도를 냈다. 서서히 올라가던 계기판 속 숫자가 시속 128km를 가리켰고, 그렇게 고향집은 가까워지는 동시에 자경에게서 영영 멀어지고 있었다. 자경은 머리를 작게 흔들고 운전에 집중했다. 때때로 길을 막아선 차들을 추월하면서, 1차로와 2차로를 가로지르며.

국도에 진입한 어느 순간 앞유리에 빗방울이 떨어지기 시작했다.

2

아빠가 쓰러진 건 6년 전 10월. 간단히 아침을 먹고 자전거에 오른 아빠는 천변을 달렸고, 돌아오는 길에 집 앞 칼국수집에서 점심을 먹었다. 식당 CCTV 속에서 아빠는 밥을 먹던 중 멍하니 먼 곳을 바라봤다. 그러곤 물컵을 들고 일어나려는가 싶더니 몸을 옹송그린 채 무너지듯 쓰러졌다. 왼쪽으로.

희멀건 피부에 머리칼을 쥐어뜯긴 것 같은 행색을 한 신경외과 의사는 중환자실 앞에 자경을 세워두고 다른 보호자는 없냐고 물었다. 없다고 답한 자경에게 그럼 외동딸이냐고 묻기까지 했다. '혼자'라는 말을 들으면 덜컥 기분이 나빠졌던 자경도 그 순간만큼은 겁이 났다. 하지만 자경은 턱을 살짝 치켜들고 무엇이든 감당할 수 있다는 기세로 덤덤하게 답했다.

"그런데요."

자경의 말이 떨어지자마자 의사는 손끝으로 안경을 살짝 올리곤 랩을 하듯 아빠의 상태를 설명하기 시작했다. 시선은 복도 바닥 어딘가에 고정되어 있었다. 그러니까 오클루션인데, 아버지 뇌혈관의 좋지 못한 부분에 폐색이 일어났다고, 폐색이라는 건 막혔다는 뜻이라고 설명한 뒤 아마 이 정도면 높은 확률로 전조증상이 있었을 거라고 했다. 말이 어눌해진달지 몸 한쪽에 힘이 빠진달지 사물이 두개로 겹쳐 보이거나 흐릿하게 보이는 이벤트가 그런 것들이라고 부연했다. 그는 전조증상에 대해 설명할 때에야 자경과 눈을 맞췄다. 우선은 지켜보자는 말을 끝으로 돌아서 옆 병실로 향하던 그가, 뒤에 서 있던 어린 의사 두 명에게 자기 딸이 생각난다고 말하는 소리가 들려왔다.

중환자실 앞 의자에 앉고 나서야 자경은 방금 전 의사에게 아무런 질문도 못 했다는 사실을 알아차렸다. 머릿속이 하얘지며 입이 떨어지지 않았다.

"요새 글씨를 보면 아찔하니 어지럽네."

"하루 종일 책상 앞에 앉아서 돌이나 파고 있으니까 그렇죠. 운동 부족이야, 운동 부족."

아빠와 전화로 그런 대화를 나눴던 게 언제인지 더듬어보니 엿새 전이었다. 자경은 그렇게 말해놓곤 괜히 신경이 쓰여 돋보기를 새로 맞추라며 용돈을 보냈다. 아빠는 순순히 자경의 말을 들었다. 쓰러지던 날엔 자전거를 탔고, 바로 몇시간 전 확인한 아빠의 핸드폰엔 '주문하신 안경이 완성됐으니 찾아가세요.─맑은눈 안경원'이라는 문자가 도착해 있었다. 말을 그렇게 잘 듣는 사람이니 아마도 자신이 병원에 가라고 말했다면 아빠는 병원에 갔을 거였다. 그랬다면 아빠의 세상이 퓨즈가 꺼지듯 한순간에 캄캄해질 일은 없었을지도 몰랐다.

의사를 만나기 전 면회 시간에 확인한 아빠의 얼굴이 어른거렸다. 아빠는 퉁퉁 부은 얼굴이 하얗게 질려 가파르게 숨을 쉬고 있었다. 자경은 아빠가 의식 속 어딘가에 갇혀 맨발로 헤매고 있을 것만 같았다. 반복되는 괴로운 꿈에 갇혀 있을 것만 같았다. 자경은 아빠의 귀에 대고 말했다.

"아빠, 겁낼 거 없어. 내가 있잖아."

그렇게 말한 자신을 떠올리며 자경은 미아가 된 기분을 가까스로 떨쳤다. 아빠에겐 자경이 있었지만, 자경에겐 이제 아무도 없었다. 자경은 너무 꽉 쥐는 바람에 땀에 젖어버린 수납증과 1층에 있는 의료기기 판매점에서 구매해 간호사실에 맡기라고 전달받은 리스트를 무릎 위에 펼쳤다. 가방 속에서 안경을 꺼내 쓰고 천천히 일어나 내역을 확인하며 병원 데스크로 향했다. 엘리베이터 안에서 남은 연차 개수를 헤아려보았다. 갑자기 비어버린 고향집도 살펴봐야 했다. 어디로든 몸을 움직여야 했고 무엇이든 해야 했다. 데스크 직원이 내라는 금액을 냈고, 의료기기 판매점에 종이를 내밀고 물건을 받았다. 아주 가는 바늘과 링거 줄 같은 것들, 이름도 모양도 모두 생소한 것들이었다.

"맞게 사 왔나요?"

자경이 내민 꾸러미를 확인한 간호사가 "네" 하고 짧게 답했다.

"이제 뭘 하면 될까요?"

간호사는 자경과 눈을 맞추지 않은 채 엘리베이터를 향해 손을 뻗으며 말했다.

"이제 가시면 되세요."

고향집에서 자경이 제일 처음 한 일은 청소였다. 먹다 남은 찌개인지 조림인지 알 수 없는 음식이 냄비 안에서 썩고 있었다. 종량제 봉투를 묶어 버리고, 빨래를 돌려놓은 뒤 자경은 집을 나섰다. 아빠가 돋보기를 맞춘 안경원은 시내에 있었다. 집 앞 버스정류장에서 잠시 버스를 기다리던 자경은 엉덩이를 털고 일어나 걷기 시작했다. 느린 걸음으로도 20분이면 갈 거리였다. 며칠 사이에 몸도 마음도 피로해졌지만 그래서인지 더 걷고 싶었다. 아빠와 자주 걷던 길이었다.

자경은 학창시절 아빠와 종종 시내에 나오던 날들을 떠올렸다. 책방에서 문제집을 사거나 겨울 패딩이 해져 새로 사거나 교칙에 맞는 구두를 사는 등의 목적을 달성한 뒤엔 좌판에서 머리띠를 구경하고 영화관에 가기도 했고,

함께 호떡이나 떡볶이를 사 먹거나 자경이 좋아하는 짜장면을 먹으러 갈 때도 있었다. 가끔 아빠가 골동품 가게 사장님과 대화를 나누는 동안엔 끼어들 수 없었는데, 그때마다 자경은 아빠에게 동전을 받아 오락실에서 DDR을 하며 시간을 보냈다.

"아빠가 세심하시네. 보통은 엄마랑 오는데."

옷가게를 갈 때마다 듣는 말이었다. 아빠는 환한 웃음으로 화답했고 자경은 눈을 무섭게 치켜뜨는 것으로 대답을 대신했다.

그 기쁨이 사라진 건 자경이 고1이 되던 해의 5월이었다. 수학여행을 앞두고 옷을 사기 위해 아빠와 시내에 나가기로 한 자경은 그날 롯데리아에서 불고기버거를 먹기로 약속했다. 롯데리아. 자경은 학교에서 애들이 말하던 그걸 꼭 먹어보고 싶었다. 자경과 아빠는 어렵사리 주문을 마치고 불고기버거를 입에 넣었다. 짜릿한 맛이었다. 아빠 역시 감자튀김을 먹으며 고개를 주억거렸다. 콜라는 몸에 안 좋다고 말하면서도 나란히 컵을 들고 가 리필을 받아 한잔씩 더 마셨다. 거기까진 좋았으나 그날은 좀 다른 곳에서 옷을 사고 싶었던 것이 문제였다.

"이번엔 엘레강스에서 사고 싶어요."

"그게 어딘데?"

자경은 시내 골목에 있는 거대한 패션 잡화점을 가리켰다. 보세의 세계에 눈을 뜬 것이었다.

그곳은 자경이 늘 가던 시내의 브랜드 옷가게와는 달랐다. 따라다니며 옷을 골라주고 탈의실 안쪽으로 사이즈가 다른 옷을 건네주는 점원 대신, 통로 중앙의 단상에 서서 감시와 계산을 동시에 하는 아주머니가 있었다. 한걸음 떼기조차 어려운 좁은 통로엔 자경 또래의 학생들이 무리를 지어 머리핀이나 귀찌를 대보고 있었다. 그 사이를 비집고 들어가 2층 계단에 오르고 나서야 자경은 아빠를 찾으려 뒤를 돌아보았다. 굳은 표정의 아빠가 자경을 보며 어서 구경하라고 말했다.

어렵사리 고른 핑크색 남방을 계산하려 줄을 섰을 때, 자경은 한쪽에서 자신을 계속 흘긋거리던 한 무리의 여자애들이 속닥거리는 소리를 듣곤 귀가 붉어졌다. 그렇게 나쁜 말도 아니었다.

"쟤 아까 롯데리아에서도 보지 않았냐?"

"이런 델 왜 아빠랑 온다냐."

아빠는 계산대 앞에 놓인 패션양말에 꽂혀 그 애들이 하는 말을 듣지 못한 것 같았다. 아빠는 양말을 몇켤레 골라 자경 앞에 들이밀었다. 요즘 애들이 이런 양말을 많이 신던데 너도 몇개 사라는 거였다. 자경은 인상을 쓰고 고개를 저었다. 그냥 그 순간엔 아빠가 자신을 모른 척해주었으면 싶었다. 멋쩍게 손을 거둔 아빠는 뒤돌아 양말을 제자리에 차곡차곡 정리했다. 여긴 그냥 놔둬도 되는데…… 애들도 그냥 막 걸어놓는데…… 자경은 그렇게 생각하며 줄어들지 않는 계산대 줄을 원망스럽게 바라보았다. 하지만 중요한 건 그다음이었다.

시내에 다다라 안경점 건물을 찾던 자경은 잠시 걸음을 멈췄다. 하루 종일 먹은 거라곤 아이스아메리카노 한잔뿐이었다. 배가 고프다는 생각도, 몸이 피곤하다는 느낌도 들지 않았지만 뭘 먹어야 남은 일을 할 수 있을 거였다. 제일 가까운 음식점이 분식집이라 자경은 그곳으로 들어가

떡볶이와 순대를 주문했다. 그러곤 자리에 앉아 벽면에 빼곡하게 적힌 낙서를 구경하다 '우정해'라는 글자를 보고 몸서리를 쳤다. 우정을 한다니. 차라리 섹스 어쩌고 하는 저질스러운 낙서가 편안할 지경이었다. 그러면서도 한편으로는 걱정스러웠다. 자신이 '친구'라는 개념으로부터 멀어진 사이, 우정을 나누는 이들은 저런 낯간지러운 말을 자연스럽게 만들어 쓰고 있는지도 모른다는 생각 때문이었다. 자경은 떡볶이를 반 넘게 남기고 자리를 떴다. 계산을 마치고 나서는 길, 교복을 입은 여학생 무리가 가게 안으로 우르르 들어왔다. 그중 눈꼬리가 유독 처진 단발머리 여학생의 뒷모습을 자경은 유심히 바라보았다.

그날 엘레강스에서 계산을 마치고 나오자마자 아빠는 굳은 얼굴로 자경에게 말했다.

"너 저쪽 가서 기다려라."

어리둥절했지만 자경은 시키는 대로 인도 건너편으로 향했다. 아빠는 앞서 빠져나온 여자애 셋을 큰 소리로 불러세우더니 골목으로 몰았다. 지나가던 사람들이 그쪽을 기웃거렸다. 도둑질했대. 자경은 좁은 인도를 사이에 두고 골목에 서서 그 모습을 초조하게 지켜보았다. 셋 중 하나는 자경이 아는 얼굴이었다. 고개를 푹 숙인 두 사람 사이에서 그 애만 고개를 빳빳하게 든 채 벌게진 얼굴로 아빠를 노려보았다. 현임이었다. 자경은 현임을 따라 교회에 갔고, 현임을 따라 중학교 때 담치기를 했고, 현임의 집에서 담배를 피워본 적도 있었다. 현임의 엄마가 목욕탕에 데려가기도 했다. 허벅지에 뱀 문신이 있는 현임의 엄마는 자경의 등을 박박 밀어주고 자판기에서 코코아도 뽑아주었다. 자경은 현임이 좋았다. 사랑 고백에 가까운 편지를 써서 건넨 적도 있었고, 다른 애랑 놀지 말라며 대놓고 질투를 한 적도 있었다. 그런 현임과 멀어진 건 고등학교 입학을 앞둔 긴 겨울방학의 끝자락이었다. 자경의 방에 걸린 새 교복을 바라보던 현임의 표정이 선명했다. 저금통이 사라진 것도 그날이었다. 전화를 걸어 단도직입적으로 따져대는 자경에게 현임은 말했다. 너 같은 거랑 친구 해준 값이라고.

엘레강스 옆 골목에서 아빠에게 혼나는 현임을 보며 자

경은 세상에서 제일 오만한 표정을 지었다. 현임은 한쪽 입꼬리를 올린 채 웃고 있는 자경을 노려보았다. 도둑년. 자경의 입모양을 헤아린 현임의 표정이 순식간에 바뀌었다. 독기로 가득 찼던 얼굴이 서럽게 일그러지며 옥수수처럼 가지런한 이가 드러났다. 현임은 아기처럼 울다가 훔친 머리띠를 바닥에 버리고 도망쳤다. 갈색 패브릭에 큐빅이 박힌, 자경이 가지고 있던 것과 똑 닮은 머리띠였다. 가슴이 아프다는 게 무엇인지 수치심이 무엇인지 돌이킬 수 없는 짓이라는 게 무엇인지 자경은 그날 알았다. 사람을 좋아한다는 건 그런 거였다. 결국엔 상대에게 상처나 주고 마는 것. 자경은 그날 집에 돌아와 현임이 써준 편지를 전부 찢어 쓰레기통에 버렸다.

집으로 가는 버스를 기다리며 자경은 재킷 속에 손을 넣어 아빠의 돋보기 케이스를 만지작거렸다. 그날 이후 아빠와 함께 시내에 나가지 않았다. 아빠는 그 이유를 선생으로서의 자아가 튀어나온 아버지를 본 사춘기 딸의 부끄러움 정도로 알고 있을 거였다. 그렇게 생각하니 그게 또 미안해졌다. 자경은 아빠가 잠시 쉬는 거라고 생각하기로 했다. 오랜 시간 서서 교편을 잡았으니 이제 누워 지내는 거라고. 누워 있기 지겨워질 즈음엔 다시 일어나 전처럼 자전거를 타고, 책상 앞에 앉아 하루를 보내고, 모든 것이 제자리를 찾을 거였다. 그렇게 되면 아빠와 더 긴 시간을 함께 보내고 여행도 가보자고 자경은 생각했다. 어쩐지 내일이라도 그렇게 될 수 있을 것 같았다.

겨울 패딩을 꺼낼 무렵, 상태가 호전된 아빠는 일반병실로 옮겨졌다. 의식이 돌아온 거였다. 말하고 걸을 수 있는 상태는 아니었지만 자가호흡을 하며 빨대로 유동식을 먹을 수 있었고, 카테터를 갈아 끼울 때 아주 미묘하게 인상을 찌푸리거나 자경을 보면서 얼굴이 붉어지는 식의 반응도 있었다. 의사는 속단하기 이르다고 말했지만 간병인은 달랐다. 이러다 살살 총명함도 돌아오고 자기표현도 하실 거라며, 어제는 옆 병실 환자에게 받은 사과주스를 드렸더니 좋아하시는 것 같았다고 말했다. 자경은 그 말을 믿었다. 의사야 늘 최악의 경우를 생각하는 직업이라고 생각했다. 내일이라도 아빠가 일어날 것만 같았다. 일어나 제발 자신에게 벌어진 이 피곤한 일들을 끝내주기를 바랐다.

고작 한명. 모르는 사람도 아니고 아빠. 그 한명의 생활을 기껏해야 4개월 남짓 떠안았을 뿐이었다. 그럼에도 자경의 입에서는 죽겠다, 돌겠다는 소리가 나왔다. 회사 분위기가 자경의 기분에 따라 요동치기 시작했다. 지나치게 짜증을 부리다가 사람들이 당황할 만큼 밝아졌다. 자경도 그런 자신의 상태를 안다는 게 가장 큰 문제였다. 감정을 주체하지 못하는 자신을 마주하는 것이 이 고통 속에서도 가장 힘들었다.

처음 문제는 돈이었다. 아빠의 보험과 저축과 대출과 이자와 연금. 그것들은 한달이 지나자 어느 정도 정리가 돼, 다달이 얼마가 부족할지 예상할 수 있는 상황은 되었다. 더 애를 먹게 하는 건 사소한 일들이었다. 무슨 용도로 빠져나가는지 알 길이 없는 소액 자동이체의 출처를 찾거나, TV를 볼 사람이 없어 해지하려 한다고 통신사에 전화를 거는 일, 그렇게 전화를 걸었다가 상담사로부터 78만 6천원의

위약금이 발생한다는 말을 듣고 갈등해야 했던 것, 냉장고 속 상한 음식을 버릴 때의 마음, 봉숭아물 들인 손톱같이 생긴 열대어들이 있는 어항을 마주했을 때의 난감함.

자경은 배를 뒤집은 채 물에 뜬 열대어 몇마리를 건져내고 서둘러 어항에 밥을 뿌렸다. 바닥에 붙어 있던 열대어들은 밥을 뿌리자마자 힘차게 헤엄쳐 수면 위로 올라왔다. 서로 머리를 박고 물어가며 포악하게 밥을 먹었다. 자경은 그 모습이 징그럽다고 생각했으나 그건 잠깐이었다. 생사의 경계에서 숨을 몰아쉬던 아빠의 의지, 잠을 못 자극도로 예민해진 상태에서 후배에게 소리를 지르던 자신의 모습. 숨 쉬고 살기 위해 필요한 건 다정함만은 아니었다. 살아남는다는 건 징그러운 일인지도 몰랐고, 그 징그러운 모습을 미워한다고 해서 좋은 사람이 되는 것도 아니었다.

자경은 수조를 랩으로 꼼꼼히 감싸 조수석 바닥에 내려놓았다. 다음 날엔 새로 맡은 골프웨어 브랜드 홍보를 위한 라운딩 접대가 있었다. 집에서 차로 두시간이 걸리는 동탄까지 가야 했고, 오늘은 운동복 짐을 싸고 아이패드에 레퍼런스 자료들을 따로 정리해둬야 했다. 마음이 바빴음에도 자경은 살아남은 세마리의 물고기를 위해 그 어느 때보다 천천히 운전했다. 자경은 자신이 아닌 다른 무언가를 위해 사는 삶에 대해 생각했다. 예상하지 못한 어느 순간에 작고 여린 것을 태우고 가는 삶. 어쩌면 아빠도 그랬을까. 상처(喪妻) 후 남겨진 갓난아이를 업은 젊은 아빠가 어슬렁어슬렁 골목을 배회하는 모습이 그려졌다. 아주 느리게.

그해 12월 자경은 사직서를 냈다.

아빠가 간병인에게 독감을 옮은 것이 계기였다. 누구나 걸릴 수 있었고 간병인의 잘못도 아니었지만 자경은 길길이 날뛰며 화를 냈다. 그렇다고 홧김에 사직서를 낸 건 아니었다. 나름의 작정이 있었다.

자경은 아빠의 와병생활을 끝장내기로 결심했다. 24인치 캐리어에 장기 간병에 필요한 모든 것을 챙겼고, 백팩에 노트북과 아이패드를 챙겼다. 뇌질환 환우들이 소통하는 온라인 커뮤니티에 가입하고, 해외 논문을 구입해 번

역기를 돌려 읽었다. 중풍 환자들 사이에서 용하기로 소문난 춘천의 한 한의원에 찾아가 아빠의 상태를 설명한 뒤 퇴직금의 3분의 1이 넘는 왕진료를 지불하고 병원 몰래 아빠에게 침을 맞혔다. 돈은 줄어갔고 차도는 보이지 않았다. 주말엔 양평과 가평, 어떤 날은 안동까지 차를 몰고 가 재활센터 상담을 받았다. 아빠가 퇴원하면 곧바로 모시기 위해 시설을 미리 점검한 거였다. 모두 깨끗하고 친절했으며, 비쌌다.

"아빠, 이거 봐. 이거 왜 찍었어?"

도움이 될까 싶은 마음에 아빠의 얼굴에 핸드폰을 들이민 적도 있었다. 쓰러지던 날 아빠가 천변가에서 찍어 자경에게 보내준 동영상이었다. 직접 찍은 실없는 영상들을 하도 자주 보내는데다 늘 용량도 큰 고화질로 보내서 자경은 그날도 답장은커녕 영상을 재생해보지도 않았다. 뒤늦게 확인한 그날의 동영상은 무당벌레를 찍은 거였다. 녹색 풀잎에 붙은 한쌍의 빨간 무당벌레. 구도가 무당벌레에서 점점 위로 올라가 영상 뒷부분은 맑은 아침 하늘을 담고 있었다.

——예술적

——자여의 모습

그 동영상에 딸려 온 메시지가 단순 오타가 아니었을 수 있다는 생각에, 자경은 메시지를 읽을수록 화가 났다.

"이게 뭐가 예술적이에요 아빠. 그냥 벌레랑 하늘이잖아요."

"설명을 해봐."

"내가 진짜 확 뛰어내려서 죽어버릴까, 응?"

그런 자경의 모습에 옆 침상의 보호자가 고개를 절레절레 흔들며 병실을 나갔다. 아빠는 커다란 눈으로 천장을 응시하다 인상을 찌푸렸다. 아주 미묘해서 자경만 알아볼 수 있는 표정이었다. 변을 본 모양이었다.

간병 초반, 변은 자경에게 아주 난감한 것이었다. 팩에 든 유동식을 먹는 탓에 아빠의 변은 묽었고, 서툰 자경은 40분에 달하는 시간 동안 아빠의 굳은 몸을 이리저리 밀거나 들어가며 물티슈를 한통 가까이 쓰고 나서야 비로소 그 뒤처리를 끝낼 수 있었다.

"창피할 거 없어. 내가 살아보니까, 먹고 싸는 게 인생이야 아빠."

처음에 힘들었던 일은 나중에 가면 아무것도 아닌 일이 됐다. 자경은 이제 신속하고 깔끔한 뒤처리에 무엇보다 중요한 건 누워 있는 환자의 자세라는 걸 알았다. 물티슈 대신 페이퍼 타월을 적절히 활용해 깔끔하고 빠르게 처리하는 법도 익혔다. 배선실에서 간식을 나눠 먹다 알게 된 간병인의 도움이 컸다.

적응되지 않는 건 아빠의 상태였다. 징조 없이 갑자기 의식을 잃고 자가호흡이 불가능한 상태가 되어 중환자실로 옮겨졌다가, 상태가 많이 호전돼 다시 일반병실로 내려오면 예정돼 있던 혈관 시술을 위해 수술실로 옮겨졌고, 한밤중에 알 수 없는 이유로 일어난 경련에 다시 중환자실, 처치실, 검사실, 또다시 일반실…… 영수증에 적힌 백만원 단위의 비급여 항목이 늘어갈 때마다 깨알 같은 글씨로 적힌 보험 계약 서류를 확인하고 보험사에 전화를 거는 일이 잦아졌다. 자경은 마음의 준비와 환한 희망 사이에서 몸살을 앓다가 끝내는 아무것도 느끼지 못하는 상태가 되어버렸다. 자경은 수척해졌고 자기 자신에게 난폭

해졌다. 무슨 일이 있어도 주기적으로 꼼꼼하게 염색했던 앞머리의 새치를 방치했다. 양치도 하루에 한번만 했고, 세수를 하지 않고 잠자리에 들 때도 많았다. 퇴근하는 간 병인들을 보면 부럽다는 생각을 했다. 물고기 밥을 챙기러 서울의 자취방에 들른 날 자경은 여행지에서 사다 진열해 둔 조그마한 소품들을 물끄러미 보다가 마치 남에게 말하 듯 중얼거렸다.

"돈이 썩어나서 저런 쓰레기를."

그러다가도 병원으로 운전해 가는 길엔 충동적으로 백 화점에 갔다. 1층에서 립스틱을 샀고, 바로 옆에 있는 명 품 매장에 들어가 50만원이 넘는 스카프를 충동적으로 구매했다. 판매 사원이 너무 친절해서 그랬다. 그냥 구경 하러 왔다는 자경에게 기분 전환에는 스카프가 최고라 고, 고객님은 목이 길고 피부톤이 하얘서 뭘 둘러도 예쁠 것 같다며 붉은 톤의 스카프를 목에 둘러주었다. 평소라 면 절대 고르지 않을 색상이었지만, 자경은 그 상냥한 사 원이 둘러준 실크 스카프의 황홀한 촉감에 카드를 내밀고 말았다.

쇼핑백을 들고 주차장으로 향하며, 사실 그 능력 좋은 사원은 그곳에서 자경이 지불할 수 있을 만한 가격대의 제품을 권한 것일지도 모른다는 생각이 들었지만 아무렴 상관없었다. 자경은 친절과 미소와 아량, 무엇보다 삶에 찌든 냄새가 아닌 사치스러운 향기에 갈증이 난 상태였으니까. 운전을 해 돌아오며 자경은 생각했다. 왜, 나는 이럴 자격이 있어. 왜, 내 돈으로 내가 사겠다는데. 왜는 무슨 왜야, 미친년, 정신 빠진 년, 그거 두르고 봄소풍이라도 갈래? 돌았어…… 미쳤어……

간병 8개월이 넘어가던 무렵, 자경은 병원을 떠나기로 결심했다. 그날은 아빠가 내과 진료를 본 날이었다. 자경은 병실 복도에서 위내시경 검사를 받는 아빠를 기다리다, 습관처럼 뇌질환 환우 커뮤니티에 들어가 수다 게시판에 올라온 글 하나를 읽었다. 글쓴이는 어머니가 수술을 마치고 차도를 보여 드디어 일반 병실로 내려왔다며, 이제 자신이 간병할 수 있어 다행이라고, 지성이면 감천이니 오늘부터 뭐든 해보려 한다고 써놓았다.

외동딸인 제가 면회 때마다 눈물 바람을 했으니 얼마나 속상하셨겠어요. 이제 웃는 얼굴만 보여드리려고요!

자경은 글쓴이의 닉네임을 클릭해 '지난 작성 글'을 확인했다. 모야모야, 당뇨, 무의식 와상 환자, 외동인 분들 다들 어떻게 하시나요…… 전부 자경이 지나온 단어들이었다. 말미에 쓰인 경쾌한 느낌표를 보며 자경은 자기도 모르게 코웃음을 쳤다.

"웃는지 우는지 알기나 하겠냐."

그렇게 말하곤 스스로 놀라 멈칫하며 몸을 뒤로 뺐다.

그날 자경은 병원 근처를 하염없이 걸어다녔다. 금요일 저녁의 붐비는 거리를 걸으며 사람들의 표정을 유심히 살펴보았다. 간간이 웃는 사람들의 얼굴을 보며 속에서 분노가 치솟는 걸 분명히 느꼈다. 자경은 자신이 글쓴이의 무엇을 비웃는지 알았다. 희망이었다. 자경이 가지고 있었으나 잃어버린 것. 통장의 돈과 함께 자경에게서 빠져나가버린 것. 자경은 이제 예전으로 돌아갈 수 없다는 걸 받

아들여야 했다. 고향집에 있는 아빠와 안부를 묻고 각자
의 삶을 향해 제 속도로 나아가는 삶은 이제 없을 거였다.
투병생활은 작살내고 끝장내는 것이 아니라 끝이 보이지
않는, 일종의, 지긋지긋한.

"아 씨발."

어깨에 무언가 부딪혔다는 걸 느낀 순간 바닥에 떨어진
케이크 상자가 보였다. 기껏해야 20대 초반으로 보이는
여자 둘이 황급히 케이크를 살폈다. 중간중간 자경을 노
려보는 것도 잊지 않았다. 오른쪽으로 쏠린 채 떨어졌으
니 확인해보지 않아도 망가졌을 것이었다. 자경은 당황한
채 고개를 숙였다. 미안하다고 말했다.

"아니 씨발, 미안하긴 뭘 미안해요. 완전 몸통 박치기
해놓고."

다른 한명이 욕을 하는 친구를 말리기 시작했다. 자경은
이런 순간이 싫었다. 다대일로 붙어야 하는 모든 순간이.

"너 몇살인데 어디다 대고 씨발씨발거리니."

그 정도면 쫄 줄 알았던 여자는 오히려 피식 웃었다.

"야, 내가 몇살이면 네가 어쩌게. 케이크에 초라도 꽂아주게?"

"오냐 꽂아줄게 말만 해. 박수도 쳐줄까? 노래도 불러줘?"

지나가던 행인들이 이쪽을 보고 웅성거리는 소리가 들렸다. 자경은 가방에서 지갑을 꺼내 오만원짜리 지폐 두 장을 꺼내 보인 뒤 여자가 멘 쇼퍼백 속에 집어넣었다.

얼빠진 표정으로 서로를 쳐다보는 그들을 두고 뒤돌아 몇걸음 걷던 자경은 다시 그곳으로 되돌아갔다. 그러곤 바닥에 널브러진 케이크 상자를 집어 들고 병원을 향해 걸었다.

병실로 돌아온 자경은 아빠의 상태를 살핀 뒤 자세를 바꿔주었다. 흐트러진 시트를 당겨 따로 구매한 욕창 방지 매트 아래로 밀어 넣었다. 이마에 금세 땀이 맺혔다.

"아까 혈관 다시 잡고 갔어. 몸부림을 좀 치시더라고. 심하진 않았고."

옆 침상에 상주하는 간병인이 자경에게 그렇게 말하며

케이크 상자를 물끄러미 바라보았다.

"생일이야?"

자경은 슬쩍 웃고는 보조 의자를 끌어와 그 위에 케이크 상자를 올려두었다.

"같이 드실래요?"

"좋지."

간병인이 사물함을 열어 주섬주섬 종이컵과 일회용 숟가락을 꺼냈다. 자경은 상자를 열어 엉망이 된 케이크를 꺼냈다. 생크림이 묻은 손가락을 입에 넣자 은은한 단맛이 돌았다. 비싼 케이크를 샀나보네. 화가 날 만도 했군. 그렇게 생각하며 몸을 틀자, 간병인이 케이크의 상태를 보곤 약간 당황하는 모습이 보였다. 하지만 왜 이렇게 됐는지에 대해선 묻지 않았다.

"먼저 드세요."

자경의 말에 간병인이 케이크를 덜어 입에 넣었다.

"달다."

자경도 포크를 들어 케이크를 입에 넣었다.

"다네요."

두 사람은 대화도 눈맞춤도 없이, 한참 동안 케이크를 먹었다. 병실은 늘 그렇듯 어두웠고, 복도에 환하게 켜진 형광등 불빛이 새어 들어왔다.

이튿날부터 자경은 포트폴리오를 정리하고 이력서를 새로 써 헤드헌터에게 보냈다. 보낸 지 한시간 만에 전화가 걸려왔다. 외국계 홍보대행사에 차장급 티오가 났는데, 토익점수는 없냐는 거였다. 유효기간이 진작에 끝났다는 자경의 말에 헤드헌터는 자기가 더 아쉬워하는 기색으로 우선 기다려보라며 전화를 끊었다. 외국계 종대사? 자경은 어쩐지 복지는 좋은데 연봉은 애매한 곳일 것 같다는 느낌이 들어 헤드헌터에게 문자를 보냈다.

―실장님. 메일에 써놓긴 했지만 저 무조건 연봉이요.

―다들 그렇죠^^ 신경 쓸게요!

오후엔 담당 의사와 상담 끝에 전원소견서를 받았다. 아빠를 옮길 곳은 노원구에 있는 협력병원이었다. 암 환자들이 주로 전원하는 2차 병원이지만 그런 덕에 아버지에게 필요한 협진 과목도 다 있고 비용 측면에서 훨씬 나을 거라고 의사는 말했다.

한시간 십오분의 구급차 이송이 무리였는지 아빠는 병실로 옮겨진 후 두번의 구토를 했으나, 암환자들이 맞는 다는 16만원짜리 고농도 영양수액을 맞고 한시간 만에 혈압과 맥박이 정상으로 돌아왔다. 바로 곯아떨어진 아빠는 저녁에 잠깐 깨어 빨대 꽂은 뉴케어 한 팩을 정신없이 마시고는 다시 잠들었다.

다음 날 아침 자경은 얼마 남지 않은 아빠의 머리칼을 빗어 넘겨주었다. 아껴 사용하던 민감성 아기용 물티슈로 얼굴을 닦고 로션을 발라주었다.

"아빠. 이제 내가 계속 같이 있지 못해. 돈 벌러 가야 돼. 아빠가 있어야 내가 버텨. 무슨 말인지 알지."

자경은 아빠의 텅 빈 눈동자에 총기가 도는 것을 느꼈다.

"지금처럼 열심히 숨 쉬어. 들숨에 자경이, 날숨에 자경이."

자경은 아빠의 손을 말아 주먹을 쥐게 한 뒤 자신의 주먹을 살짝 가져다 댔다. 수능 시험장 앞에서 했던 것처럼.

"파이팅."

서울 집으로 돌아와 정리를 끝낸 뒤 자경은 혼자서 새 치염색을 했다. 살이 볼품없이 빠져, 벨트로 동여맨 허리춤이 우글거리는 정장바지 두벌도 수선했다. 어차피 몇끼 먹으면 배는 금방 다시 나올 테니 큰 문제는 아니었다. 새로 출근하기로 한 회사는 테헤란로에 있는 외국계 종합홍보대행사였다. 헤드헌터가 제일 처음 소개해준 곳이었다. 직급은 한국식으로 하면 차장, 연봉은 업무추진비와 유류비와 식대까지 합하면 전보다 좀 나았다. 인하우스 홍보팀과 종합홍보대행사는 업무의 프레임 자체가 달라 대기업 경력도 큰 메리트가 아니라는 걸 알았기에 자경은 뽑아준 것에 감사하며 열심히 일했다.

그곳에서 딱 1년을 버틴 뒤, 자경은 국내 종합홍보대행사 면접을 봤다. 규모는 작았지만 굵직한 고객사를 맡아 업계에선 제법 유명한 곳이었다.

"자경씨, 마지막으로 솔직하게 물어볼게요. 이제부터는 그냥 대화라고 생각해줘요. 거기 왜 그만뒀어요?"

세번의 면접을 거치고 희망 연봉까지 말한 뒤였다. 자경은 잠시 허공을 응시하다 될 대로 되라는 심정으로 말했다.

"피피엘 영업실적 때문에 사람 취급 못 받는 건 좀 힘들어서요."

대부업체가 사무실로 전화를 했다는 말은, 그래서 은근히 기싸움을 하던 동기가 엘리베이터 안에서 자경의 에코백을 물끄러미 바라보다 제비라도 만나냐는 농담을 해 크게 싸움을 했다는 말은 하지 않았다.

질문을 한 대표는 자경의 대답에 거기가 브랜드팀한테 영업 압박을 하는 줄은 또 몰랐다고 말했고, 바른말만 하게 생긴, 아마도 영업으로 그 자리까지 올라갔을 전무가 사실상 브랜딩도 영업이니까요, 하고 무슨 소리인지 모를 추임새를 넣었다. 결과는 합격이었다.

계절이 두번 바뀔 동안 세번의 연애를 했고, 세번 다 상대에게 차였다. 돌아보면 그럴 만했다고 생각했지만 그땐 그런 생각을 할 정신이 없었다. 자경은 너무 솔직하게 자신의 사정을 말한 것이 문제였음을 나중에야 알았다. 하나뿐인 가족인 아버지가 뇌경색으로 쓰러진 뒤 의식 없이 병원에 누워 계시고, 그러느라 얼마간 빚이 생겼음을 자경은 매번 솔직하게 말했다. 그리고 외로울 때나 힘들 때는 주저 없이 상대에게 전화를 걸었다. 상대가 가족들과 여행 중이거나 프로젝트로 야근 중일 때도 전화를 걸었고, 연결되고 나면 먼저 끊는 법은 없었다.

"나 잠들 때까지만 통화해줘. 부탁이야."

자경은 자신이 그런 말까지 했다는 것이 수치스러웠다. 사실상 헤어져달라고 비는 것과 다름없는 말과 행동들이었음을 그땐 몰랐다.

자취방을 신림의 오피스텔에서 빌라 원룸으로 옮겼다. 아빠의 엉덩이에 욕창이 생겨 간병인과 싸움을 했다. 위경련이 온 새벽엔 외래 시간이 될 때까지 버텼고, 비즈니스 서비스 플랫폼에 전문가 등록을 했다. 외근을 핑계로 은행을 돌아다니며 대환을 알아봐 대출 갈아타기에 성공한 뒤 매월 내야 하는 이자를 13만원 정도 줄였다. 그렇게 아낀 돈은 청첩장과 부고를 몇번 받으면 사라졌다. 자경은 초대나 부음을 받고 식장을 찾아가 현금인출기 앞에 설 때마다 인간관계가 좁아 다행이라는 생각을 했다.

1월 1일, 자경은 타종 방송을 틀어두고 냉장고에서 캔 맥주를 꺼내왔다. 개운하게 샤워를 마친 뒤였다. 새해만 큼은 따뜻하게 보내고 싶어서 보일러도 하루 종일 돌려둔 터라 자취방이 전에 없이 훈훈했다. TV 모니터 옆으로 시선을 돌리면 책상 위에 놓인 어항이 보였다. 그 속에서 헤엄치는 아빠의 열대어들을 보며, 자경은 외롭고도 충만한 마음이 되었다. 자경은 그렇게 오랜만에 감상에 젖었다. 작은 소반 한가운데 올려두었던 맥주 캔을 바닥에 내려놓고, 다이어리와 펜을 꺼내 그 위에 올려두었다. 아빠가 쓰러진 뒤 햇수로 3년이 지났지만, 자경은 이제야 그 모든 혼란이 자신의 것처럼 느껴졌다.

산다는 건 희망도 절망도 아니다. 해가 지고 달이 뜨는 것은 세상의 규칙일 뿐이고, 신에게는 아무런 의도가 없다.

자경은 다이어리에 그렇게 적은 뒤, 열대어 몇마리를 그려 넣었다. 마음을 내려놓아도 시간은 흘렀고, 슬픔과 고통과 카드값은 자경을 비껴가는 법이 없었다.

3

"서 팀장, 바쁜 건 알겠는데 회의 때 말 좀 해라."

모두가 떠난 회의실에서 대표가 말했을 때 자경은 오늘 처음으로 그와 눈을 맞추었다.

"그럴게요."

이직한 지 2년이 지난 지금의 회사는 지난 15년간 자경이 다닌 회사 중 가장 규모가 작았다. 알고 지내던 대표의 제안에 연봉만 보고 옮겨온 곳이었다. 체계가 없을 거라는 건 예상했지만 부딪혀보니 정도가 심했다. 자경의 직책은 브랜드마케팅팀 팀장이었으나 팀원 관리와 업무 분장은 물론 기획, 영업, 제작에까지 손을 대야 했고, 급할

땐 외부에서 장비를 빌려 촬영과 편집까지 했다. 신입이 해야 할 일과 실장이 해야 할 일을 모두 하는 격이었다. 입사 일주일 만에 자경은 여기서 버틸 사람은 자기밖에 없을 거란 확신이 섰다. 원래도 격의 없는 사이이기는 했지만 그때부터 자경은 '내가 이 모양이면 당신이 어쩔 것이오'의 태도로 대표를 대했다.

그날 회의는 온라인에 기반을 둔 아웃도어 회사의 신상 방한화 TV 광고 콘티에 관한 것이었다. 1차 제안서에 대한 피드백은 단출하고 뻔했다. 전부 마음에 안 든다는 거였다.

"힙하고 프레시하게 가자는 거잖아."

고객사 대표는 신선함이 조금 부족한 것 같다고 말했지만 대표는 심각한 투로 전체 회의까지 소집했다. 매사 과장된 말투를 쓰는 그를 보며, 자경은 광고회사 대표가 아니라 배우를 하는 게 더 나았겠다고 속으로 생각했다. 그는 회의실 칠판에 보드마커로 개요번호를 작성한 뒤 직원들을 한 사람씩 지목하며 최근 본 콘텐츠에 대해 물었다. 그러고는 답변을 다 듣기도 전에 고개를 절레절레 저으며 시시해, 하, 그거 참 시시하다, 하며 말을 끊어 분위기를 초쳤다.

자경은 대표가 자신에게 질문을 던지지 않는 게 다행이라고 생각했다. 좀 피곤한 데는 있어도 인정머리가 있는 사람이라, 자경에게 이미 너무 많은 업무가 주어졌다는 걸 알고 나름의 배려를 해주는 거라고 생각했으나 착각이었다. 자경이 회의 내내 대표와의 눈맞춤을 필사적으로 피한 노력 덕분이었다. 자경은 어느 순간부터 회의 때 입을 다물었다. 말 한마디 잘못 얹었다가 일거리가 늘어나는 게 두렵기도 했고, 무엇보다 대표가 저 지경일 때에는 어떤 아이디어를 내도 소용이 없다는 걸 알았다. 자경은 테이블 위에 세워둔 아이패드에 시선을 고정한 채 외주 일감으로 받은 로고 시안 피드백을 확인했다. 그러는 사이 한시간 반이 넘는 전체 회의가 끝났다. 결론은 자경의 짐작대로 '원점에서 재검토. 내주 중 회의 재소집 예정. 내일 오전 안에 아이디어 정리해둘 것'이었다.

"서 팀장아, 뭐 새로운 거 없을까. 서 팀장은 요새 뭐 보는 거 없어?"

자리에서 일어나 회의실 문을 반쯤 연 자경의 뒤에 대고 대표가 물었다. 오늘따라 집요하다고 생각하며 자경은 고심하는 척 머리를 긁었다. 그가 이 고객사 대표와 '썸 타는' 사이라는 건 자경뿐만 아니라 회사 사람들 전체가 아는 일이었다. 요즘엔 불륜에도 썸이 있는 모양이라, 그가 아웃도어 회사의 방한화 광고에 특별히 신경 쓰는 이유가 짐작이 갔다.

'벽차군.'

자경은 그렇게 생각했다.

"글쎄요. 전 가던 데만 가고 보던 것만 봐서."

"아, 진짜 왜 그러냐. 빨리 최근에 본 거나 들은 것 좀 생각해봐."

"제가 보기엔, 다 너무 새로운 게 문제 아닐까요. 다 너무 새롭고 정신없고, 따라가기만 하기에도 벽차고 머리 아프거든요. 제가 요새 그럴 정력이 없어요. 아시잖아요. 현대인 모두 마찬가지 아닐까요."

대표가 바퀴 달린 의자를 밀며 자경 쪽으로 가까이 다가왔다.

"그래. 새로운 게 너무 많아서 새로움이 새로움으로 느껴지지 않는다 이거구나. 와, 필름 감성으로 가야겠다. 그냥 완전히 정석으로, 텍스트 다 빼고, 애 나오고 개 나오고 모닥불, 캠핑, 코코아, 방한 부츠. 그치?"

"그렇죠."

자경이 눈곱을 떼어내며 대충 답했다.

"봐. 뭐라도 말을 하니까 되잖아. 안 그래?"

"뭐, 워낙 잘 이해하시니까요."

자경은 이만 나가보겠다는 뜻으로 고개를 숙였다.

"그리고 카톡 프로필 사진 좀 상쾌한 걸로 바꿔. 그거 나 보라고 해놓은 거 아니지?"

대표님을 생각할 여유 같은 게 없다고 말하려다, 자경은 그냥 궁금해져 물었다.

"버스터 키튼 모르세요?"

"버스터 뭐? 밈이야?"

대표가 난생처음 듣는다는 듯 자경을 쳐다보았다.

"바꿀게요."

회의실을 빠져나온 자경은 카카오톡을 열어 자신의 프

로필 사진을 바라보았다. 버스터 키튼의 초상화. 최근 웅현과 함께 키튼의 영화를 보며 감탄한 뒤 바꿔놓은 프로필 사진이었다. 20대 초반에 봤을 땐 시대적 배경이나 기술적 구현에만 감탄했는데, 다시 보니 건물이 무너지고 4중 추돌 사고가 일어나는 와중에도 무표정한 얼굴로 제 갈 길을 가는 버스터 키튼의 표정만 보였다.

"어른의 삶이네."

영화를 보던 자경이 말했고,

"그러게. 사랑고백 한번 하기 험난한 것도 그렇고."

가라앉은 목소리로 웅현이 대꾸했다. 자경은 그제야 버스터 키튼이 난리통 속에서도 꼭 붙들고 있느라 시들어버린 꽃다발이 눈에 들어왔다.

"에이그, 저딴 꽃을 누가 받아줘."

사랑 어쩌고 하는 게 불편해 분위기를 바꿔보려 애쓴다는 게, 너무 상기된 목소리로 싸가지 없는 말을 했다는 걸 깨달은 자경이 웅현 쪽을 슬쩍 바라보았다. 웅현은 양손을 깍지 껴 머리 위에 얹은 채 굳은 표정으로 화면을 바라볼 뿐 자경과 눈을 맞추지 않았다. 그날 낮에 레미콘 신호

수 일을 하고 왔다던 응현은 열한시도 되기 전에 잠들었다. 응현은 공식적으로는 촬영감독이었지만 실상 직업은 여러개였다. 이 영화제 기간엔 기획자였다가, 저 영화제 기간엔 스크리닝 매니저였다가, 자경과 처음 만난 날처럼 광고 촬영 현장에서 연출을 맡기도 했다. 오늘 큰아버지가 감리로 있는 건설회사에서 신호수로 용역을 뛴 응현은 모레 현장에선 사다리에 올라 지하 배관에 보온재를 감기로 했다고 말했다.

'나도 나지만, 너도 너다.'

꿈을 좇느라 생활에 치이는 게 빤히 드러나는 응현을 보고 있자면 자경은 그런 마음이 되었다. 하나는 현실에 치이고 하나는 꿈에 치이니, 장르는 다르지만 엔딩은 비슷한 상업영화 같다는 생각도 들었다. 응현도 자신을 보며 비슷한 생각을 하려나. 잠든 응현을 바라보며 자경은 괜히 짠하고 미안한 마음이 차올랐지만, 어디까지나 거리를 둬야 할 사이라는 걸 스스로 상기했다. 마흔셋, 만난지 2년이 다 되어가도록 다음 단계에 대해 말하지 않는다면 서로가 이 관계를 어떻게 생각하는지 이미 답이 나온 거라 여겨지기도 했다. 다음 단계는 결혼이건 동거건 이별이건, 하여간 머리도 마음도 복잡하게 만들면서 뾰족한 답은 없을 현실 그 자체일 거였다. 눈을 감고 잠에 빠져 있는 웅현을 보며 자경은 병상에 누운 웅현을 간병하는 늙은 자신의 모습을 떠올려보았다. 살아본 결과 미래란 행복이 아니라 책임이었고, 앞으로 나아가는 것이 아니라 숨 쉴 틈 없이 닥쳐오는 것이었다. 자경은 웅현에 대한 자신의 마음을 마주할 용기가 없었다.

회사 화장실 변기에 앉은 자경은 핸드폰을 꺼냈다. 사진첩을 뒤져 최근 맡은 로봇청소기 유튜브 광고 섬네일로 프로필 사진을 교체했다. 자경은 이제 시키는 대로 하고 싶었다. 그것만 하기에도 충분히 바빴다. 묻지 않은 말은 생각할 겨를도 없어서, 자기 나이가 올해 마흔셋이라는 것도 최근 고객사 대표가 물어봐서 알았다.

자경은 시한에 맞춰 살았다. 캘린더와 스케줄 어플엔 각각 노란색과 붉은색으로 구분된 회사 일감과 외주 일감이 빼곡하게 적혀 있었다. 기획, 분석, 운영, 검토, 확인에 확인에 확인. 끝없는 내리막으로 던져진 돌멩이 같달까. 자경의 일상은 말 그대로 '굴러'갔다. 자경에겐 돈이 필요했다. 가끔 응현과 카페에 앉아 수년 전 찍은 핸드폰 속 사진들을 구경할 때면 여행도 가고 연애도 하고 좋아하는 작가의 신작도 읽으며 스스로 결정한 것들로 시간을 채우던 나날들이 남의 인생처럼 낯설게 느껴졌다. 그때 자경은 삶이란 자유의지로 끌고 나아가는 거라고 믿었지만 이제는 아니었다. 삶이 자경을 끌고 갔다.

월요일 아침에 일어나 양치를 하는 순간부터 캘린더를 확인하고, 직원들이 참조를 걸어 고객사에 보내놓은 PT 자료를 확인하거나 고객사가 보내놓은 가이드 혹은 리뷰를 확인했다. 아무 생각 없이 엉덩이와 배를 가리는 니트를 주워 입었다가 일정이 앞당겨진 기획 제안 미팅이 떠올라 코트에 어울리는 이너로 다시 갈아입고, 그렇게 출근하고 야근하고……

아무리 바빠도 달에 최소 두번, 자경은 주말에 대전까지 차를 몰아 아빠가 있는 요양병원에 들렀다. 그게 자경이 일하는 이유였으니까. 자경은 아빠의 몸을 뒤집어 욕창이 생기지 않았는지 확인하고, 손이며 발을 주무르고, 손톱을 세워 정수리를 톡톡 두드렸다. 그렇게 서너시간쯤 머물다가 요양보호사에게 협찬사에서 받은 화장품 샘플을 챙겨주며 잘 부탁드린다 말한 뒤, 자신을 알아보지 못하는 아빠의 커다란 눈동자를 마주하고 손으로 머리를 빗어 넘겨주며 말했다.

"아빠, 잘 있어."

대전의 병원을 빠져나와 전주의 고향집까지 차를 몰고 가 쓰러져 잠들었다가, 빈집의 물건들을 조금씩 정리하고 청소하고 다시 차를 몰아 서울에 도착하면 일요일 밤. 그리고 다시 월요일······

10월 중순의 어느 목요일 오후, 자경은 지친 듯 눈을 감은 아빠를 물끄러미 내려다보았다. 담당 요양보호사가 어쩐 일로 아침밥을 잘 드셨다며 자경의 옆에서 눈물을 훔쳤다. 의사의 사망선고가 끝나자 빠르게 돌아가던 자경의 시계가 멈춘 듯, 세상이 지나치게 고요해졌다. 자경은 양손으로 아빠의 머리칼을 빗질해 넘기며 아직 따뜻한 이마에 자신의 이마를 대고 말했다.

"잘 가, 아빠."

4

빈소 한쪽에 마련된 쪽방에서 상복으로 갈아입고 나온 자경에게 상조회사 직원들이 허리 숙여 인사했다. 자경은 그들이 손을 놀려 제단을 장식하는 모습과 접객실 테이블 위에 깔린 하얀 종이를 한바퀴 둘러보았다. 그러고 다시 쪽방으로 들어갔다. 장례식장의 모든 곳이 지나치게 환했다.

자경은 쪽방 한쪽에 쪼그리고 앉아 저장된 연락처를 살펴보았다. 부고를 알릴 사람들을 추려봐도 스무명이 채 안 됐다. 직장 사람들이야 이미 알 테고, 친구는 원래 없었고, 친가 어른들은 할머니가 돌아가신 뒤 유류분청구소송을 거치며 남보다 못한 사이가 됐다. 오겠다고 해도 보고 싶지 않은 얼굴들이었지만, 고민하다 연락은 돌렸다. 축의금을 냈던 대학교 동기 몇명에게 문자를 보냈다. 상조회사 직원이 1인 상주는 식사 대접 없이 진행하기도 한다고 조심스레 말해준 것이 떠올랐다.

'이래서 그랬군.'

돈도 돈이고 평일인데다 연고 없는 대전에서 치르는 장례식이라 누가 올까 싶었지만, 그래서 더욱이 온 사람들에겐 밥이라도 먹여 보내야 했다. 부고 문자를 다 보내고 난 뒤에야 자경은 자신이 너무 불편하게 앉아 있었다는 걸 깨닫고 쪽방 한쪽에 놓인 이불 더미에 등을 기댔다. 기대어 한참 동안 천장을 바라보았다. 그러고 있자니, 자경은 아빠가 병상에 있었을 때 헤드폰으로 음악을 들려주기 참 잘했다는 생각이 들었다. 말주변이 없어 잔꾀를 부린 거였지만, 아빠는 자경의 목소리보다 음악을 좋아했을 것 같다는 생각도 들었다. 아빠는 원래도 음악을 참 좋아했으니까. 오늘은 CD 말고 유행가 듣자. 아빠가 그렇게 말하면 자경은 라디오를 틀었다. 가끔 큰 소리로 가사를 다

틀려가며 노래를 따라 부르는 아빠에게 신경질을 부리기도 했는데, 이제 와 생각해보니 그런 거라도 영상으로 남겨둘걸 싶었다. 고향집 어딘가에 처박혀 있을 홈캠 테이프 띠지에는 '노래하는 자경이'와 '입학하는 자경이' 등 '자경이' 시리즈가 넘쳐났지만, 아빠의 모습이 담긴 테이프는 아마도 없을 거였다.

"영정 사진이나 찍어놓고 말이지."

자경은 고향집 작은방에 액자까지 해 놓여 있던 영정 사진을 떠올리며 중얼거렸다.

자경은 그 사진 대신 아빠가 서울 나들이를 왔을 때 자신이 세종문화회관 앞에서 찍어준 사진을 영정 사진으로 썼다. 아빠는 눈가 주름이 너무 자글자글하게 나왔다며 기분 나빠했지만, 자경은 그 사진이 좋았다. 딸의 직장 동료라도 마주칠지 모른다며 그렇게 싫어하던 염색을 하고, 퇴직 이후로는 내내 장롱 속에 모셔두기만 한 셔츠까지 꺼내 입은 모습이 너무나 아빠 같았으니까. 오랜만에 아빠가 보고 싶었다. 너무 보고 싶어서, 이대로 차를 몰고 고향집으로 가면 볼 수 있을 것 같은 느낌마저 들었다.

핸드폰 진동이 울려서 보니 대학교 동기였다. 두달 전에 결혼해 축의금 액수까지 기억나는 친구였다. 신랑은 러시아 사람이었는데, 어학당에 한국 전통 문화 강의를 나가던 친구와 사제지간으로 만났다고 들었다. 결혼식 날 그는 무슨 안 좋은 일이 있나 싶을 정도로 굳은 얼굴로 있다가 끝내는 눈물까지 훔쳐 인상이 강하게 남아 있었다.

"자경아, 세상에, 너 대전에 있는 것도 내가 몰랐다. 그것도 모르고 결혼식에 오라고, 왜 말을 안 했어. 어떡하니 자경아."

자경은 이게 무슨 소리인지 잠시 생각하다가 허공에 손사래를 쳤다.

"야, 아니야. 나 서울에 있어. 아빠 병원이 대전이라 그렇게 됐어."

그랬구나…… 하고 할 말을 찾는 친구에게, 자경은 알리는 게 맞는 것 같아서 보낸 거고 거리 때문에 서로 부담이니 굳이 들를 필요는 없다고 말했다. 마음은 다 전해졌다는 말과 함께. 친구는 회사 복도에 나와 전화를 건 건지,

명확히 들리지도 않는 말을 길게 늘어놓았다. 사정을 말하는 거겠거니 생각한 자경은 그래그래, 그래, 하고 답하다 서둘러 전화를 끊었다. 그런 식의 전화가 저녁 내내 이어졌다. 연락을 받은 친구들이 주변에 소식을 알렸는지 자경이 직접 부고를 알리지 않은 사람들에게도 연락이 왔다. 연락한 모든 이들이 빼놓지 않고 대전 이야기를 했다.

자경이 아빠를 대전의 요양병원으로 모신 건 그게 최선이기 때문이었다. 시설이며 식단이며 재활프로그램이 잘 되어 있는 것은 물론, 차로 10분 안에 3차 병원이 있는 곳일 것. 그런 조건을 놓고 이리저리 따지다보니 거리를 포기하는 수밖에 없었다. 그렇게 해도 자경의 예산을 훨씬 웃돌아, 만기가 1년 남은 적금을 담보로 대출을 받아 버티다 한차례 사채까지 썼고, 언제인지 알 수 없는 시점부터는 카드사 두곳에서 리볼빙을 쓰고 있었다.

"조문 오셨어요."

상조회사 직원이 쪽방 문을 두드렸다.

"네?"

누가 올 거라는 생각을 하지 못한 자경이 쪽방 문을 살짝 열었다.

"조문이요."

노트북을 펼쳐놓고 외주 일을 처리하던 자경은 그제야 안경을 벗고 허둥지둥 자리에서 일어났다. 나가서 보니 첫번째 조문객은 놀랍게도 첫 직장에서 사수로 만난 선배였다. 얼굴을 보고 너무 놀란 나머지 순간 이름이 기억나지 않아 자경은 당황했다.

"어떻게 오셨어요?"

선배가 입가에 힘을 주고 희미하게 웃으며 자경의 손을 잡았다.

"좀 괜찮아?"

순간 무너지듯 눈물이 나왔다. 자경 스스로도 이해할 수 없는 눈물이었다. 첫 출근날, 깡마른 체구에 빨간 립스틱을 바른 선배를 처음 본 순간 자경은 망했다고 생각했다. 뭘 물어보며 치대기 어려운 인상이었다. 커다란 눈을 똑바로 맞춰오며 씨익 웃을 땐 등골이 서늘하기까지 했다. 선배도 자경을 좋아하는 것 같지 않았다. 기획안을 올리면 묘한 표정으로 모니터를 보다가 푸 하고 한숨을 쉬었고, 실질적인 마케팅 성과에 기여하고 싶어 회의 때 적극적으로 끼어들어 의견을 말한 날에는 자경을 조용히 불러 '너는 걷는 법도 모르면서 날려고 하는 게 문제'라고 핀잔하기도 했다. 광고 효율 데이터 분석만 지겹도록 시킨 것도 모자라 시안이 마음에 안 든다면서 악을 쓰며 난리를 피우는 진상 고객사 미팅 때 콕 집어 자경을 끌고 가던 선배였지만, 덕분에 배운 게 많았다. 최근까지도 일할 때 '우라까이를 두려워하지 마라. 거기엔 헤리티지가 있다. 광고는 역사를 이어갈 뿐'이라는 그 통찰력 있는 궤변이 떠올랐다. 그런 선배에게 한번도 먼저 연락한 적이 없었다는 게 자경은 미안했다.

한참 자경을 달래던 선배는 자경을 상주 자리로 데려간 뒤 정중하게 향을 피우고 절을 올렸다. 그러고는 자경에게도 허리 숙여 인사했다.

접객실에서 선배는 마주 앉은 자경 앞에 귤을 까 놓아주었다.

"일하고 있었니?"

열린 쪽방 문틈으로 자경이 노트북을 펼쳐둔 걸 본 모양이었다.

"외주 받은 게 좀 있어서요."

육개장을 떠먹으며 선배가 고개를 끄덕였다. 선배는 직장을 나와 종합홍보대행사를 차린 지 3년이 넘어간다고 했다. 경리까지 직원이 여섯이라고 하니 괜찮게 자리를 잡은 모양이었다. 선배는 육개장만 비운 뒤 곧바로 자리에서 일어났다.

"연락 좀 해."

배웅하는 자경에게 선배가 말했다. 자경은 그러겠다고 답했다.

"그리고,"

구둣주걱을 집어 신발을 신은 선배가 힘주어 말했다.

"일하지 마. 아무리 급한 거라도 하지 마. 그거 안 하면 세상 무너진다니? 애도를 해야지. 그게 너한테도, 아버님한테도 맞는 일이야."

선배의 커다란 눈이 깊어졌다.

"고마워요."

선배가 떠난 뒤 자경은 쪽방 한쪽에 부려놓은 노트북을 정리해 가방에 넣고 상주 자리에 앉았다.

저녁을 먹고 있을 때 웅현에게서 전화가 왔다. 받을까 말까 고민하던 자경은 거절 버튼을 눌렀다. 곧바로 문자가 왔다.

— 일하는 중?

자경은 짧게 답장을 보냈다.

— 응. 바쁨.

이어서 오리가 '파이팅'을 외치는 이모티콘이 도착했다.

아빠가 돌아가셨다고 말하면 당장 열 일 제쳐두고 대전으로 와 사흘 내내 곁을 지킬 웅현이었다. 그렇게 되면 그간 지켜온 선이 무너질 것 같았다. 한편으로는 웅현이 잠시만 들렀다 간다고 해도 좀 실망스러울 것 같았다. 이리저리 생각해봐도 알리지 않는 편이 나았다.

원래 장례식이라는 게 이런 건지, 아니면 자경이 생각하는 것보다 사람들에게 조문이 중요한 건지, 예상보다는 많은 사람들이 왔다. 기운이 없는 상태에서도 깜짝 놀랄

만큼 의외의 인물들이 나타났다. 연락이 끊긴 고모와 큰아버지가 함께 방문해 별다른 말 없이 고생이 많다고 어깨를 두드려주고 떠났다. 분명 못 온다고 전화를 했던 친구가 밤 열시 넘어 남편과 함께 왔을 때도 자경은 속으로 좀 당황했다.

"알료샤랑 인사 안 했지? 얘는 알료샤야. 알료샤, 여기는 내 친구 자경이야."

접객실에 앉아 있던 알료샤가 의자에서 일어나 꾸벅 인사했다. 자경도 어색하게 고개를 숙였다.

"알료샤가 예의가 발라."

친구가 와서 그런지 조문이 끝나갈 시간이라 그런지 자경은 어깨에 긴장이 풀리는 느낌이었다.

"맥주 할래?"

친구가 운전대를 잡는 시늉을 하며 고개를 저었다.

자경은 음료 냉장고에서 자기 몫의 맥주를 한캔 가져와 뚜껑을 따고 바로 한모금 마셨다.

"따라서 마시지."

"됐어. 이제 올 사람도 없어."

알료샤가 친구와 자경의 대화를 들으며 고개를 끄덕였다. 결혼식 때 그랬듯 굳은 표정이었다. 원래 표정이 다양하지 않은 사람인 모양이었다. 그가 솥뚜껑만 한 손으로 나무젓가락을 능숙하게 놀려 김치를 집어 먹는 모습을 보고 있자니 자경은 어쩐지 웃음이 나왔다.

"웃기지? 나보다 한국말도 더 잘한다니까. 알료샤, 말 좀 해봐. 너 말 많잖아."

자경은 친구와 알료샤를 번갈아 쳐다보았다. 장례식장에서 처음 본 아내의 친구에게 말 좀 해보라니. 자경은 친구가 과연 선생은 선생이라고 생각하며, 최대한 부담을 주지 않으려 노력하며 알료샤를 바라보았다.

"아버지는 어떤 사람이셨어요?"

테이블의 분위기가 숙연해졌다. 자경의 머뭇거림을 알료샤는 기다려주었다. 친구도 자경을 바라보았다. 어떻게 돌아가셨냐는 질문도, 형제가 없어서 쓸쓸하겠다는 텅 빈 위로도 아니고 어떤 사람이었냐니. 자경은 맥주 캔을 만지작거리며 말을 골랐다.

"어, 아빠는 고등학교 선생님이었고, 퇴직하고는 시내

에 돈가스 가게를 차렸다가 망했어요."

알료샤가 진지한 표정으로 물었다.

"돈가스를 좋아하셨나요?"

생각지도 못한 질문에 자경이 웃자 알료샤도 따라서 멋쩍게 웃었다. 덧니가 드러나자 딱딱해 보이던 무표정이 순식간에 거둬지며 아이 같은 얼굴이 되었다.

"아뇨. 프랜차이즈 창업박람회에 갔다가 결정했대요. 밑반찬이 없어서 자기가 보기엔 제일 만만했나봐요. 원래도 조용하고 실없는 사람이라 맨날 혼자 이상한 거 만들고 끄적이고 그랬어요. 어떤 날은 골목에서 뭘 진지하게 쳐다보고 있기에 뭘 보고 있나 해서 가보니까, 개가 똥 싸는 걸 보고 있는 거예요."

"아버님이 약간 나랑 비슷하시네."

친구가 홍어무침을 집어 먹으며 말했다. 자경은 이제 친구의 얼굴을 보며 말했다.

"그래서 그걸 왜 보고 있냐니까, 똥이 세로라서 신기하다고. 혼자 웃더니 다시 가던 길을 가는 거야. 사람이 그렇게 실없었어. 무슨 생각을 하는지도 모르겠고."

표정을 보아하니 알료샤는 자경의 말을 절반 정도만 알아들은 것 같았지만 의미를 되묻거나 하지는 않았다. 그저 고개를 끄덕이다가 영정이 있는 빈소 쪽을 가리키며 말했다.

"표정이 밝아지니까 아버지를 닮았어요."

"이제 와서 생각해보니까, 아빠도 혼자여서 그랬던 것 같아."

친구와 알료샤는 자경이 말하지 않은 가족관계를 눈치챈 듯 조금은 어두운 표정이 되었다.

"아빠도 의지할 사람 없이 너무 긴 세월을 보냈으니까. 누구한테 뭘 말할 생각을 못 한 거지."

"혼자 생각하고 혼자 웃고, 그런 실없는 사람이 된 거지."

친구와 알료샤는 한참을 떠들면서 자경을 위로하다 자정이 넘어서야 자리를 떴다. 그들이 떠나자 빈소가 다시 텅 빈 듯 고요해졌지만 빈소의 풍경도, 냄새도, 소리도, 낮보다는 부쩍 친숙해진 느낌이 들었다.

지친 자경은 쪽방에 요를 깔고 눈을 감았다가, 다시 몸을 일으켜 미닫이문을 반쯤 열었다. 그리고 옆으로 누워 아빠의 영정을 바라보았다.

'무섭다 아빠.'

자경은 속으로 그렇게 말했다. 아빠가 쓰러진 뒤부터 자경은 잠을 깊이 자지 못했다. 목덜미가 뻣뻣하거나 어지럼증을 느끼는 날이면 더 그랬다. 자경은 자신도 아빠처럼 어느 날 갑자기 쓰러질 수 있음을 알았다. 그렇게 끝이 끝인 줄도 모른 채, 허름한 월셋집에서 죽을 걸 생각하면 문득 두려워져 한여름에도 이불을 목 끝까지 끌어올려 덮곤 했다.

아침이 되어 장례식장 복도가 소란스러워지고 나서야 까무룩 잠에 빠지며, 자경은 자신이 두려워한 건 죽는 것이 아니라 혼자 남겨지는 것이었을지도 모른다고 생각했다.

*

날이 밝자마자 아빠 또래의 조문객들이 모여들었다. 동문회와 교직원회 부고란에서 소식을 접하고 찾아온 이들이었다. 그들은 장례식장이 슬픔보다는 생활의 현장이라는 듯이, 자연스럽게 조문을 하고 접객실로 가 식사를 하고 돌아갔다. 자경은 그중 누가 교사인지 단번에 알 수 있었다. 이유는 콕 집어 말할 수 없어도, 하여간에 알 수 있었다. 자신을 사범대 몇기 대표라고 소개한 여자가 자경의 손을 잡았다.

"네가 자경이구나. 찬수가 걱정 많이 했어. 네 결혼식은 안 와도 자기 장례식은 꼭 오라고. 그래서 내가 다 끌고 왔다."

자경은 네, 대답하곤 감사하다고 말했다. 이제 그만 손을 놓아주었으면 싶어 더 꽉 붙잡았는데, 그녀가 자경의 눈을 계속 뚫어져라 쳐다보았다.

"들은 것만큼 외골수는 아니구먼 뭘. 애인은 있어? 여자는 남자가 있어야 돼."

자경은 상주고 뭐고, 그 순간만큼은 어딘가로 도망치고 싶었다.

입관식을 마친 뒤 빈소로 돌아온 자경은 다리가 후들거

려 방석에 주저앉았다. 앉자마자 스마트워치로 모르는 번호로 전화가 걸려온 걸 확인했다. 외주 클라이언트인 것 같아 무시하려다, 운구서비스를 도와줄 담당자가 전화를 할 예정이니 꼭 받으셔야 한다는 상조회사의 말이 떠올라 자경은 핸드폰이 있는 쪽방으로 향했다.

"사모님, 믿음이에요."

"뭐요?"

이건 또 뭐지 싶어 자경은 퉁명스레 물었다.

"믿음부동산이요. 전주 인후동."

그제야 자경은 아, 하고 반색하며 알은체했다.

반년 전 고민하고 고민하다 내놓은 고향집은 사겠다는 사람은커녕 보러 오는 사람도 몇 없어, 자경은 집을 내놓았다는 사실도 까맣게 잊고 있었다.

"저장을 안 해놓으셨나봐."

사장님은 깔깔 웃으며 자기소개를 먼저 했어야 했는데, 하고는 자신이 요즘 바쁘고 정신이 없다는 사정을 왜인지 너무도 길게 늘어놓았다. 그러더니 자경이 용건을 물어보기도 전에 먼저 대답을 했다.

"응, 그래. 집 나갈 것 같은데?"

"예?"

중개사는 2주 전쯤 고향집을 보고 갔던 사람이 집을 사고 싶어한다고 말했다.

"이사 날짜는 1월 말일. 두달 좀 더 남았네. 괜찮아요?"

'날짜'라는 말을 듣는 순간 자경은 내내 허공을 떠돌다 땅에 발을 디딘 기분이었다.

"날짜는…… 괜찮아요."

"응, 그래. 금액은 8천 7백 그대로 하신대요. 계약서 날짜 언제가 좋으셔요?"

"근데 아직 상속등기 전인데……"

자경은 계속해서 말끝을 흐렸다. 끝을 흐리는 건 딱 부러지는 걸 좋아하는 자경이 가장 싫어하는 말투였지만, 말이 그렇게 나가는 걸 자경으로서도 어쩔 수 없었다.

"아이고, 그래요? 집이 꼭 마음에 든 것 같던데. 언제까지 되는데요."

그 순간 자경은 몹시 난처한 심경이 되었다. 목덜미를 주무르며 무심코 왼편을 바라보니 부의금함이 눈에 들어왔다. 아빠의 짐보다 훨씬 무겁게 느껴졌던 병원 영수증, 화장과 납골당 계약금을 포함한 장례비용, 다음 달 카드값. 저 안에 든 돈으로 그게 다 해결될까. 턱도 없을 거였다.

"빠르면 다음 주까지는 할 수 있을 것도 같고요……"

"환장하겠네. 사모님, 정확하게 말씀을 해주셔야 내가 전달을 하거든요. 같고요예요, 할게요예요?"

그녀도 자경만큼이나 기면 기고 아니면 아닌 성격인 듯 싶었다.

"할게요."

"그래요? 그럼 특약 넣는 걸로 말씀드릴게. 괜찮죠?"

그렇게 잔금 납부 전까지 등기를 치겠다는 특약을 넣기로 한 뒤 자경은 전화를 끊었다.

이렇게 팔린다고? 자경은 고개를 들어 아빠의 영정을 노려보았다. 집을 내놓은 건 자신이었지만 하필 이런 시점에 사겠다는 사람이 나타나니 강제로 빼앗기는 기분이었다. 누구라도 원망할 사람이 필요했다. 아빠가 그런 거지. 아빠가. 자경은 앉은자리에서 엎드린 채 상복 치마에 고개를 박고 목울대가 아플 정도로 소리 없이 악을 질렀다. 자경에게 고향집은 그저 빈집이 아니었다. 빚에 허덕이는 동안에도 집만큼은 팔지 않으려 애쓰고 졸음운전을 해가면서도 고향집에 들러 쓸고 닦은 것은 꼭 아빠가 일어나 집으로 돌아오기 바라는 마음 때문만은 아니었다. 그 집은 자경이 태어나기 전부터 거기 있었다. 단독주택에 대식구와 함께 사는 게 꿈이었던 엄마는 신혼집을 얻은 뒤 감나무를 심고 첫째의 태명을 '대봉이'라 미리 지어두었다. 기다리던 대봉이가 태어난 건 그로부터 8년 뒤였다. 1980년 4월 8일, 엄마는 대봉이를 낳은 직후 자궁에 출혈이 잡히지 않아 대학병원으로 이송되던 중 돌아가셨다.

"대봉이가 나예요?"

자경은 충격과 슬픔에 빠져 아빠에게 물었던 아홉살의 어느 날을 기억했다. 엄마가 자경을 기다리며 심었다는 감나무는 자경이 자라는 동안 자경에게 엄마가 되어주었다. 머리가 커 영리해졌을 땐 뭘 사달라고 떼를 쓸 때 감나무를 끌어안고 서럽게 울기도 했다. 그러면 자경을 불쌍히 여긴 아빠가 지갑을 열었다. 비밀이 생겼을 땐 감나무에 대고 속삭이기도 했고, 처음 교복을 입은 날엔 감나무

앞에서 사진을 찍기도 했다. 아빠가 쓰러지고 병원에 가져갈 짐을 챙기러 들렀을 땐 간절히 비는 마음으로 감나무에 손바닥을 대어보기도 했다.

자경은 화장실로 걸어가며 따져보았다. 계약금이 들어오면 카드빚을 일부 갚을 수 있었다. 잔금에 보험금을 합치면 아빠가 퇴임 후 차렸다가 망해 지금은 빚만 남은 돈가스집 대출금과 자신의 대출금을 털어낼 수 있었다. 거기에 밀린 세금이며 상속등기 비용이며 넉넉잡아 이거 빼고 저거 빼면…… 남는 게 없었다. 자경은 손을 씻으며 거울을 바라보았다. 귓가를 따라 바짝 묶은 머리의 뒤통수까지 이어지는 새치가 유난히 도드라져 보였다. 영 몰랐던 사실도 아닌데 이 야속하고도 쓸쓸한 기분은 뭘까, 자경은 손에 묻은 물기를 치마에 닦아내며 생각했다.

─우리 일요일에 안 보는 거지?

스마트워치로 시간을 확인하는 순간 공교롭게도 응현이 보낸 메시지가 떴다. 야구장에 가기로 약속했지. 응현이 누군가 티켓을 줬다며 들떠서 말하던 모습이 떠올랐다. 오랜만의 바깥 데이트였다.

— 전부터 생각한 건데 이런 식으로 약속 잡지 마

할 말이 없었다. 아빠의 상태가 갑자기 안 좋아져 대전에 내려갈 때마다, 자경은 웅현과의 약속을 당일이 되어서야 취소하곤 했다. 웅현에겐 늘 회사에 급한 일이 생겼다고 둘러댔다. 사정을 솔직히 말할까 싶다가도, 도망치듯 떠나간 전 연인들을 떠올리면 그런 말은 하지 않는 게 좋을 것 같았다. 어떤 고백이 부담이고 어떤 고백이 솔직한 건지 구분하는 게 어느새 자경에겐 어려운 일이 되어버렸다. 웅현이 아는 건 자경의 아빠가 편찮으셔서 요양병원에 입원해 있다는 정보뿐이었다. 어떤 질환 때문인지, 병세는 좀 어떠신지, 웅현이 다정하게 물어올 때마다 자경은 '몰라'나 '그냥'이라는 말로 화제를 돌렸다.

자경은 인상을 찌푸린 채 복도에 서서 스마트워치 화면 속 깨알만큼 작은 메시지를 확인했다. 사정을 모르니 화를 내는 것도 이해가 됐다. '읽음' 표시가 사라지자 웅현은 실시간으로 폭주하듯 메시지를 보냈다. 이런 적은 처음이었다.

— 네가 나를 어떻게 생각하는 건지 모르겠다

— 나는 솔로 보면서 욕할 자격도 없어

— 너는 투명하지가 못해

"지는."

자경은 중얼거렸다. 가족에 대해 말하지 않는 건 응현도 마찬가지였다. 물어보지도 않았지만, 어쨌거나 그랬다.

— 잘난 척 좀 하지 마. 세상 사람들 다 너만큼은 고생하면서 살아

자경은 어깨를 축 늘어뜨린 채 잠시 서 있었다. 그러고는 빈소 쪽으로 향하던 발걸음을 돌려 장례식장 주차장을 향해 걷기 시작했다. 마음대로 할 수 있는 게 걷는 것밖에 없었다. 허탈했다가 어이가 없었다가, 종래엔 자신이 크게 상처받았다는 것을 깨달았다. 장례식장에 와 있는 그 짧은 시간 동안에도 자경은 결정할 사항이나 재미있는 일이 생겼을 때 응현을 떠올렸다. 너라면 어떻게 할 것 같으냐 상의하고 싶었고, 이런 사람이 찾아와 내게 이런 말을 했다고 흉보고 싶기도 했다. 알료샤 덕분에 고인의 생전 이

야기를 나누는 외국 장례 문화의 아름다움을 이해하게 됐다고도 말해주고 싶었다. 웅현이 좋아할 만한 이야기였다.

자경은 담배도 피우지 않으면서 장례식장 주차장 구석에 있는 흡연 부스에 들어가 의자에 앉았다.

'굿이라도 해야 되나.'

자경에게 감정은 곧 노동이라 하나의 감정을 처리하기도 전에 다음 감정이 찾아오는 현실이 야속했다. 웅현에게 지금이라도 상황을 설명하면 위로를 받을 수 있지 않을까 하는 마음 뒤에, 그래서, 그러면 뭐 어쩔 건데, 하는 생각이 따라왔다. 자경은 정수리를 벅벅 긁었다. 웅현이 자신의 사정을 알게 된 뒤 다른 놈들과 마찬가지로 도망쳐도 문제, 더 진지해진다고 해도 문제였다. 자경은 웅현이 생각하는 대로 잘난 척하며 잠수를 타버리는 사람이 되는 편이 낫다고 결론 내렸다.

"자경아, 네 감정 상자는 꼭 쓰레기 매립지 같아."

정신과 의사들이 자신의 감정 상자를 들여다봐야 한다는 주제로 이야기를 하는 예능프로그램을 보다가 웅현이 그렇게 말했다.

"죽을래?"

응현은 비죽비죽 웃었다.

"아주 꽉꽉 눌러서 묻어놨는데, 그래도 새어 나오는 냄새 같은 거지. 미지근하고 다정한 냄새. 원래 구린내가 중독성 있는 거 알지?"

앉아 있는 벤치 바로 옆이 쓰레기통이어서 그랬는지 자경은 문득 그 순간이 떠올랐다. 말 같지도 않은 비유에 구린내를 운운하긴 했지만 가까운 사람만이 할 수 있는 농담이었다. 자리에서 일어나 엉덩이를 털고 빈소로 향하며 자경은 자기도 모르게 웃어버렸다. 직전까지 한 고민은 까맣게 잊고 웃음이 나온다는 게 스스로도 어처구니없었다.

어쨌거나 자경은 응현의 메시지에 답장하지 않았다. 오후 네시가 지나자 빈소는 썰렁해졌고, 부의금 함을 지키는 직원의 얼굴은 피로해 보였다. 자경은 자신의 자리로 돌아갔다. 너무 많은 사람을 만났고 그러면서 너무 많은 일이 일어나, 아주 긴 시간이 흐른 것 같았다. 내일이면 장례식장을 떠나 운구차를 타고 화장터에 갔다가 유골함을 안치해둘 대전의 하늘공원으로 갈 예정이었다.

그 모든 일이 끝나면 목욕탕에 가야겠다고 자경은 마음먹었다. 언제나 목욕탕에 갔다 오면 펑펑 운 것처럼 개운해졌으니까. 그런 다음 남은 일들을 처리해야지. 등기 치고 해지하고 청구하고, 도안 잡아 배너 만들고, 밀린 메일 답장하고, 사진 내려받아 블로그 글 작성하고, 강남역 삼겹살집 키워드 광고 견적 보내주고…… 그런 생각을 하다 보니 어느새 복잡한 과거의 슬픔들은 사라지고 단순한 내일만이 자경을 기다리고 있는 것 같았다.

*

부동산에서 다시 전화가 걸려온 건 회사 사람들과 전 직장 동료들이 약속이나 한 듯 한바탕 몰려왔다 빠져나간 저녁이었다.

"어떡하죠? 리모델링 때문에 입주를 당겨야겠다는데요."

"얼마나요?"

"다음 주 월요일엔 견적을 받아야 공사부터 입주까지

시간이 맞대요."

자경은 짜증이 났다.

"사장님. 오늘 금요일이에요."

"나도 아는데, 부동산이라는 게 원래 사정 따라가잖아요. 저쪽도 등기 안 된 집 리모델링 시작하고 싶겠어요? 집 비면 잔금까지 한꺼번에 치른대요."

"어떻게 당장 이틀 안에 짐을 빼요."

"어머 사모님, 왜 못 빼요. 그 집 짐은 반나절이면 다 빼지. 그리고 거기 빈집 아녜요? 이사 날짜 맞출 것도 없지 않아요?"

맞는 말이라 혼란스러워진 자경은 잠시 할 말을 잃었다.

"사장님 지금 화내시는 거예요?"

"아이, 화낸 건 아니고…… 아무리 특약 넣었다지만 등기 안 된 집을 나 하나 믿고 디스카운트도 없이 바로 산다잖아…… 그 사람들이 원래 안골 살던 대식구거든. 딸내미 학교 때문에 이사하는 거래. 리모델링도 그 집 할머니가 휠체어를 써서, 대문 앞에 턱도 없애고 화장실이며 어디며 다 뭘 설치하고 그래야 되나봐."

"대식구예요?"

"응, 여섯 식구. 왜?"

자경은 월요일 한시에 부동산에서 만나기로 약속을 잡
았다. 그러고도 하루 종일 집을 팔지 말아야 할 이유에 대
해 생각했다. 없었다. 일터는 서울에 있고 사망신고를 한
뒤엔 어차피 빚을 갚아야 하니, 나라를 거쳐 은행과 카드
사가 가져가건 부동산을 거쳐 대식구가 가져가건 집이 넘
어간다는 사실은 매한가지였다.

5

자경은 집 앞 골목에 이르러 우산을 든 채 잠시 고향집의 모습을 바라보았다.

가을비가 부슬부슬 내리는 고향집 담벼락 위로 감나무가 솟아 있었다. 자경은 아직 떨어지지 않은 주황색 감 몇 개를 올려보다가 주머니에서 핸드폰을 꺼내 사진을 찍었다. 그러고는 가방을 뒤져 대문 열쇠를 꺼냈다.

집에 들어가자마자 우산을 팽개치고 보일러실 문을 열었다. 내통을 열어 상태를 확인하고 모든 방의 레버를 '열림'으로 돌린 뒤 작동 버튼을 누르고 잠시 기다렸다. 보일러를 보는 법은 작년 겨울에 자경 또래의 수리공이 알려주었다. 그날도 비가 내렸다. 내통에 찬 정체 모를 녹물을 묵묵히 빼내던 수리공은 자꾸 대문 쪽을 흘긋거리더니 자경에게 물었다.

"혹시 여기 서찬수 선생님 집이에요?"

자경은 흠칫 놀라 그를 바라보았다.

"어떻게 알았어요?"

그는 검은 물이 차오르는 말통을 바라보며 씨익 웃었다.

"자전거요. 바구니 달린 형광색 자전거."

자경은 대문 앞에 있는 먼지 쌓인 자전거를 바라보았다. 아빠는 때가 되면 타이어를 바꾸고 질리면 도색까지 해가며 그 자전거를 오래도 탔다. 그걸 타고 출퇴근을 하고 운동도 하고 장도 봤다.

"선생님 잘 지내세요? 돈가스 먹으러 갔다가 한번 뵀는데."

제자였구나. 경계심이 인 자경은 그를 차갑게 내려다보며 물었다.

"보일러는 왜 그런 거예요?"

그는 잠시 당황하더니 보일러를 살피며 내통을 완전히

못 쓰게 된 이유에 대해 친절히 설명했다. 보일러 자체는 잘 관리했지만 너무 오래돼 고치는 건 불가능하고 새로운 걸로 바꿔야 한다는 말이었다.

"서찬수 선생님 댁이니까, 제가 인건비만 받고 해드릴게요. 괜찮은 보일러가 하나 들어와 있는데 중고긴 해도,"

자경은 그의 말을 끊었다.

"아뇨. 그냥 받으려던 액수로 받으세요. 공사만 잘해주시고요."

그는 멋쩍게 웃으며 대꾸 없이 코를 훌쩍거렸다.

수리비는 이백만원이었다. 보일러가 정상적으로 돌아가는 소리를 들은 뒤에야 자경은 안심했다. 또 고장 나면 그땐 답이 없었다. 자경은 마당에 팽개쳐둔 우산을 접고 툇마루에 걸터앉았다. 핸드폰을 확인하니 오후 한시 삼십분이었다. 재활용품 센터에서 세시에 방문해 가전제품을 가져가기로 되어 있었다. 장롱이며 침대, 소파 같은 큰 짐을 처리해줄 중고 가구점에서는 다섯시쯤 도착할 거라고 했다. 그전에 잔짐을 정리하고 버릴 것들을 추려야 했다.

자경은 마음이 바빴다. 창고 문을 열자 전기톱이며 공구, 쥐덫, 식물용 영양제, 호스와 단열재 같은 잡동사니가 눈에 들어왔다. 자경에겐 짐이었지만 새로 들어올 사람들에겐 필요할 물건일 수도 있어 따로 치우지 않기로 했다. 자경은 보자기와 노끈, 김장비닐을 품에 안고 창고를 나섰다. 핸드폰이 울린 건 현관 도어록 커버를 막 밀어 올린 순간이었다. 확인하니 홍 실장이었다. 장례 끝나자마자 일을 시키는 걸까. 받을까 말까 고민하던 자경은 결국 통화 버튼을 눌렀다.

　"진짜 너무들 하네."

　받자마자 자신이 하고 싶은 말을 하는 홍 실장에 자경은 놀랐다.

　"무슨 일 있어요?"

　자경은 어깨에 핸드폰을 끼운 채 현관 비밀번호를 누르고 집으로 들어갔다.

　"서 팀장한테 할 말이 아닌 건 아는데, 내가 지금 너무 어이가 없어서. 그나저나 좀 괜찮아? 집에 지금 온 거야?"

　"네, 덕분에 잘 치르고 정리하려고 고향집에 왔어요."

제발 좀 용건만 말해라. 신발장을 열어 둘러본 뒤 거실을 가로질러 들어가 커튼을 걷으며 자경은 생각했다.

"그래, 정신없을 테니까 용건만 말할게. 자기 팀 김민재, 오유미, 임윤주인지 임윤지인지 걔네 싹 다 이번 달까지 일하고 관두겠대."

거실 발코니 창을 열다 그 말에 놀라 검지가 끼인 자경은 비명도 지르지 못하고 이를 악물었다. 머리털이 쭈뼛 설 만큼 짜증 나는 통증이었다.

"걔들이 인간이니? 직속상관 상당해서 자리 비운 사이에 퇴사하겠다는 게 인간들이야? 그래서 내가 관두는 건 아쉽지만 어쩔 수 없다, 근데 급할 게 뭐냐, 이건 서로 예의가 아니지 않으냐 이야기를 했지. 그랬더니……"

자경은 통화 종료 버튼을 누른 뒤 소리를 지르며 발코니 창을 발로 찼다. 지금 당장 견딜 수 없는 건 걔들이 싹 다 그만둔다는 사실보다 손가락의 통증과 홍 실장 특유의 신경질적인 목소리였다. 피멍이 맺힌 손가락에 할 수 있는 건 아무것도 없었다. 자경은 방마다 문을 열어 도어 스토퍼를 끼우고 창문을 활짝 열었다. 청소기를 한바탕 돌리고 냉장고를 열어 된장과 고추장을 꺼냈다. 안에 든 건 그게 다였다. 안방으로 들어가 아빠의 옷가지와 이불을 김장비닐에 정리해 묶어 내놓고, 서랍장 속 물건을 챙기거나 버렸다. 안방은 고향집에 들를 때마다 조금씩 정리를 해 중요한 물건들은 이미 자경의 자취방에 있었다. 살림살이가 단출해 별로 정리할 것이 없어 보였는데 가득 찬 이십 리터 종량제 봉투가 세개, 재활용 쓰레기를 담은 김장비닐이 네개 나왔다. 집과 대문 밖을 왔다 갔다 하느라 비를 맞은 머리와 어깨가 축축하게 젖었다.

안방과 화장실, 주방 정리를 끝낸 자경은 핸드백을 열어 장례식장에서 챙겨온 호박떡을 먹었다. 머리는 산발이 됐고 이마와 등이 땀으로 젖은 게 느껴졌다. 자경은 거실 바닥에 주저앉았다. 정신없이 정리를 하다보니 시간은 어느새 세시가 다 되어가고 있었다.

─3시 30분 도착합니다^^

재활용품 업체에서 문자가 와 있었다. 자경은 아예 드러누워 떡을 씹다가, 가슴이 막혀와 긴 한숨을 쉬었다.

'그래서 장례식장에도 안 왔구나.'

모든 게 귀찮기만 한 회사생활에서 자경이 딱 하나 노력한 게 있다면 팀원들과의 관계였다. 무뚝뚝한 성격이었지만 직원들의 시답잖은 이야기에 귀를 기울였고, 그들 틈에 끼어보려 생일을 챙기기도 했다. 그래서 고요한 사무실에 타이핑 합주 소리가 격렬해지다 서너명이 동시에 품 하고 웃었을 때 속이 상했다. 홀로 야근한 뒤 지하철역으로 걸어가다 들여다본 삼겹살집에서, 모여 있는 팀원들을 발견하고 서둘러 지나쳐 가던 순간에도 그랬다.

"그걸 왜 봐요?"

아빠는 소파에 앉아 이른바 '1타 강사'의 유튜브 영상을 보고 있었다. 정년퇴임을 얼마 남기지 않은 시점이었다.

"요샌 애들 속을 도통 모르겠어."

아빠가 영상에 시선을 고정한 채 답했다.

"그런 거 신경 안 썼잖아."

"담임을 안 맡아서 그런지 늙어서 그런지, 신경이 쓰이네."

자경은 학창 시절 아이들이 아빠의 수업을 '자는 시간'으로 여겼던 것이 떠올라서, 아직도 학생에게 마음을 쏟는 아빠의 모습이 안쓰러웠다.

"도움이 되겠어요? 살아온 세월이 있는데. 그냥 하던 대로 하세요."

던지고 나서야 너무 차갑게 말했다는 후회가 밀려왔지만 아빠는 물끄러미 베란다를 바라보며 대답했다.

"그런가……"

그즈음 지하철을 타고 귀가할 때면 자경은 그 순간이 자주 떠올랐다.

밖이 소란스럽더니 초인종이 울렸다. 자경은 찌뿌둥한 몸을 일으켜 밖으로 나갔다.

*

"에어컨은 완전 새건데, 이것밖에 안 돼요?"

자경의 물음에 재활용품 센터 사장이 코웃음을 쳤다.

"버리려면 더 들어요."

중고 가구점 사장은 이 방 저 방을 둘러보더니 혀까지 찼다.

"아이고야, 이거 말고는 가져갈 게 없겠는데."

그는 그렇게 말하며 자경이 승진 기념으로 아빠에게 사 준 흙침대의 모서리를 확인했다.

"요즘 사람들 다 새놈 사서 쓰지 누가 쓰던 거 잘 안 사요."

'그럼 중고 가구점은 왜 해요.'

자경은 속으로만 생각하고 힘이 빠진 투로 답했다.

"그럼 침대만 가져가세요."

그는 아가씨 혼자인 것 같은데 버리기도 힘들 테니 나머지 가구들은 그냥 가져가주겠다고 선심 쓰듯 말했다. 입씨름을 하기도 지친 자경은 그럼 그러시라 답하곤 그가 부른 침대값을 주는 대로 받았다.

업체 사람들로 오후 내내 붐비던 집은 저녁 여덟시경이 되자 텅 비었다. 시세도 모르고 허둥지둥 헐값에 팔아치운 살림살이들이 빠져나가자 자경은 서글픈 마음이 들

었다. 군데군데 먼지가 쌓이고 자국이 남은 바닥을 훔치
고 나니 몸살이 나려는지 여기저기가 결리고 두통이 왔
다. 쉴 곳도 쉴 시간도 없어서 자경은 보자기와 노끈을 들
고 터덜터덜 서재로 향했다. 자경이 정리할 마지막 방이
었다.

현관 맞은편에 있는 서재는 원래 자경이 쓰던 방이었
다. 서울에 완전히 자리를 잡은 자경이 고향집에 올 때마
다 아빠는 서재를 두고 '저 방이 자꾸 쓸쓸하다'는 소리를
하더니 자경에게 말도 없이 혼자 물건을 정리했다. 그러
고는 거실 벽에 있던 책장을 옮기고 작은 책상을 하나 사
그곳을 자신의 놀이터로 삼았다.

"오지 말라는 거지?"

"어차피 잘 오지도 않잖아. 언제 오냐고 물어보면 바쁘
다고만 하고."

멋쩍어진 자경은 그냥 해본 말이라며 둘러대고 새 책상
이 예쁘다고 칭찬했다.

그 이후 자경은 고향집에 방문할 때마다 서재 책상에

놓인 것들을 보며 그때그때 아빠가 빠져 있는 것들이 무엇인지 알아채곤 했다. 문화센터 팝송교실에 나갈 땐 비틀스의 악보가 나와 있었고, 자서전쓰기 교실에 나갈 땐 도서관에서 빌려오거나 직접 구입한 자서전과 생애사 이론서들이 올라와 있었다. 아빠가 투자 모임에 나간다는 걸 알게 된 것도 서재 때문이었다.

"웬 듀얼 모니터?"

"경원이가 설치까지 해주고 갔다. 인터넷이고 뭐고 다 공짜로 깔아줬어."

경원 아저씨는 아빠의 오랜 친구로, 시내에서 전자 제품과 핸드폰 수리 매장을 운영했다. 아빠와 경원 아저씨가 대화하는 걸 듣고 있으면 자경은 자주 웃음이 나왔다. 경원 아저씨는 친구인지 애인인지 모를 정도로 잔소리가 심했는데 아빠는 주로 대꾸만 하고 경원 아저씨는 화제를 바꿔가며 한시도 쉬지 않고 말을 이어갔다.

그런 경원 아저씨가 어째서 아빠를 투자 모임에 들였는지는 알 수 없었다. 처음엔 주식과 펀드를 알려줬고, 단기 투자로 돈을 벌어 재미를 붙인 아빠에게 투자 업체를 소개해줬다. 아빠는 안전하다는 경원 아저씨의 말만 듣고 팔천만원을 투자했다가 전부 날렸다. 이자가 들어오기로 한 날 입금이 되지 않자 아빠는 경원 아저씨 가게로 찾아 갔고, 그곳에서 사장이 바뀐 지 오래됐다는 말을 들었다 고 했다.

아빠가 눈에 띄게 힘이 빠진 것도 그때부터였다. 원래 도 기운 찬 사람은 아니었지만 좋아하던 팝송교실도 가지 않았고 같이 낚시를 다니던 친한 교사들과도 연락을 끊었 다. 그 모습이 걱정돼 자경은 하루에도 몇번씩 아빠에게 전화를 걸어 안부를 확인했다. 어느 저녁엔 어쩐 일로 술 에 취한 아빠에게 먼저 전화가 걸려오기도 했다.

"내가 그 녀석 덕분에 얻은 게 많더라."

얻었다고? 자경은 아빠의 물러터진 성격에 진저리가 났지만 오랜만에 입을 연 아빠의 말을 끊고 싶지 않아 우 선 잠자코 들었다.

"선크림 바르는 습관 박힌 것도 그 녀석이 하도 잔소리 를 해서 그렇고, 할머니 살아 계실 때도 경원이가 번질나 게 드나들면서 용돈 드렸어. 뭐, 잘 안되긴 했지만 군산에

금은방 하는 여자도 소개해주고, 개가 나를 무지하게 챙겼어."

"그래요."

가슴이 답답해진 자경이 짧게 대꾸하자 아빠는 바쁘냐 물었고, 자경은 야근 중이었지만 집에서 쉬고 있으니 괜찮다고 말했다.

"근데 아빠는 해준 게 없어."

"호원이가 서울 여자한테 장가가는데 전셋집 해줘야 된다고, 서울 집값 만만치 않다고 내 앞에서 한숨 쉰 적이 있다."

호원이. 경원 아저씨의 외아들. 자경은 어릴 때 '호원이 한테 시집가라'는 말만 나오면 자지러지게 울어댔다.

"내가 그때 그 말을 왜 하는지 몰랐겠냐. 근데 듣고도 모른 척했어. 그러냐고 대답만 했어. 나도 너 시집보내야 되니까."

"그게 그렇게 미안하다. 투자할 돈은 있으면서 친구 녀석 급한 돈은 모른 체한 게. 그게 친구냐, 그게 친구야? 내가 그래서 죄를 받는 거지. 할 말도 없지."

아빠는 눈물을 흘렸는지 코를 들이마시곤, 여느 때처럼 밥을 잘 챙겨 먹으라고 말한 뒤 자경이 대답하기도 전에 전화를 끊었다.

그후 아빠는 불교에 빠졌다. 서재 방에서 원전과 해석을 번갈아 공부하는 아빠의 뒷모습을 보던 자경이 묻기도 했다.

"머리 깎는 거 아니지?"

아빠가 몸을 틀어 자경을 바라보며 장난스레 웃었다.

"뒤통수가 못나서 그건 어렵고."

자경은 서재 문을 열자마자 보자기와 노끈을 쥔 팔을 늘어뜨렸다.

"저걸 다 어쩌나."

선반 위에는 전각용 돌과 칼들이 잔뜩 쌓여 있었다.

돌을 칼로 파 글씨를 새기는 전각은 그즈음 아빠의 새로운 취미였다. 처음엔 도장이었다. 자경에게도 아빠가 새겨 건넨 다종다양한 디자인의 도장이 열개는 넘게 있었다. 한동안 누군가와 약속을 잡을 때마다 도장을 새겨 선물하던 아빠는 이내 질렸는지, 면적이 더 넓은 돌을 사다가 금강경을 새기기 시작했다. 돋보기는 한계가 있다며 생일선물로 외과 의사들이 수술할 때 쓰는 루페를 사달라고 할 정도로 열심이었다. 그렇게 새긴 돌들이 허리까지 오는 선반에 빼곡히 놓여 있었다.

버리기엔 영물처럼 느껴지고 챙기자니 너무 무거운 돌들을 만지작거리다 자경은 우선 책을 먼저 정리하기로 했다. 책을 한 손으로 들 수 있을 만큼씩 추린 뒤 노끈으로 묶어 겨우 책장 한줄을 비웠지만, 자경은 얼마 안 가 주저앉고 말았다. 돈이 얼마가 들건 사람을 불러야 할 일이라는 판단이 섰다. 혼자서는 어림없는 양이었다. 한쪽 벽면에 나란히 붙은 두개의 6단 책장을 올려다보니 압도되는 느낌마저 들었다. 심지어 하단에 꽂힌 책들은 박물관 도록이었다.

'국사 선생도 아니면서.'

자경은 속으로 책망하며 아빠의 도록 컬렉션을 바라보았다. 하나같이 길고 커서 바로 옆에 꽂힌 소설책들이 우습게 느껴질 정도였다.

온몸이 쑤시고 결렸기에, 자경은 자리를 틀고 앉아 목으로 원을 그리며 스트레칭을 했다. 이런 일은 이삿짐센터를 불러야 하나, 거기엔 얼마를 줘야 하나 고민하던 자경의 시선이 책장 하단에 닿았다. 도록 바로 윗줄에 색과 두께가 각기 다른 B5 스프링노트가 빼곡하게 꽂혀 있었다. 눈으로 대충 세어보니 스물여덟권이었다. 아빠가 남긴 일기장이었다. 엉금엉금 책장 가까이 다가간 자경은 아무 생각 없이 중앙에 있는 일기장 한권을 빼 펼쳤다. 중학교 때였나 고등학교 때였나, 아빠의 일기장을 훔쳐 읽다가 들킨 기억이 났다. 그때 아빠는 자경을 불러다 앉혀놓고 진지하게 타일렀다. 궁금한 마음은 자연스러운 거지만 다시는 그러면 안 된다고 말했다.

"어른도 수치심이 있어."

자경의 기억 속에서 아빠는 한번도 노크하지 않고 자신의 방문을 연 적이 없었다.

"잘못했어요."

도통 잘못했다는 말을 하지 않던 자경도 그땐 진심을 담아 사과했다. 그뒤로는 아빠의 일기장을 펼쳐본 적이 없었다. 하지만 그땐 그랬다는 말이고, 지금은 달랐다. 몇 년을 고생했는데, 자신에게도 빼먹을 곳감 정도는 있어야 한다는 마음이었다.

일기엔 실없는 메모도 있었고, 두유를 먹고 자란 아이는 키가 크다는 신문 기사를 스크랩해 '자경이 이야기'라고 써놓은 것도 있었다. 중간중간 정옥씨와 양순씨, 현숙씨 등의 이름이 나올 때는 빠르게 종잇장을 넘겼다. 자신이야 30대 후반에서 40대 중반의 사람들이 주로 쓰는 유료 어플로 애인을 구했다지만, 아빠는 도대체 어디서 그렇게 많은 애인을 사귀었는지 궁금할 따름이었다.

김가 자식의 애비 놈이 급식소를 한바탕 뒤집는 바람에 죄 없는 구본수 선생이 육개장을 뒤집어썼다. 그놈 얼굴을 내가 똑똑히 기억해두었다. 시내 향촌방앗간 사장. 그 언젠가, 가만 안 두리!

자경은 아빠 특유의 비장한 문체에 미소를 지으며 일기장을 넘기다 2009년 2월 1일의 일기에서 잠시 멈췄다.

자경이가 감독한 영화 「소설小雪」을 보았다.

자경의 얼굴에서 웃음기가 가셨다. 그러고는 그즈음의 자신이 떠올라 살짝 몸서리쳤다. 그 시절의 기억은 가물가물했지만, 어쨌거나 그게 자신이 마지막으로 연출한 영화의 제목이라는 건 알았다. 하지만 자경은 한번도 아빠에게 자기 영화를 보여준 적이 없었다.

나의 딸 자경이 졸업 후 변변한 직장도 없이 영화를 찍는다고 돌아다니다 내게 돈 좀 가진 게 있느냐 물었을 땐 예술을 빌미 삼은 인면수심이 될까 싶어 걱정하였으나 그것은 나의 철저한 오산이었다. 자경은 예술수양을 통해 정신적으로 아비를 뛰어넘어 인생의 진리가 담긴 영화를 만들어낸 감독님이 된 것이다.

아아, 인간을 기어이 살아가게 하는 삶의 소중한 빛은 언제나 멀고 희미한 곳에 있다! 이러한 통찰은 어떠한 교육으로도 가르칠 수 없는 인생의 선물이리라. 그렇다면 자경이는 어떤 태양 아래서 이렇듯 성숙하게 도약한 것인가. 자식이야말로 부모의 선생이라는 말을 가슴으로 헤아린즉, 이 한장의 CD에 담긴 자경의 고뇌를 가보로 물리리라 결심한다……

삶의 소중한 빛? 통찰? 그 영화는 그런 내용이 아니었다. 자경은 그런 이야기를 쓴 적은 물론 좋아한 적도 없었다. 아빠가 자신이 만든 영화를 본 게 맞나 생각하며 마지막 줄을 다시 읽은 자경은 방문 옆, 구석진 곳에 자리한 DVD장을 향해 허리를 틀었다.

"세상에."

자경의 마지막 영화 제목이 적힌 CD 케이스가 중앙에 떡하니 꽂혀 있었다.

몇년 전이었다면 부러뜨려 쓰레기통에 버렸겠지만, 지금의 자경은 자신이 만든 영화가 보고 싶었다. 아빠가 저렇게까지 감탄한 이유도 궁금했고, 자기에게 그런 시절이 있었다는 게 문득 신기하기도 했다. 잠깐 응현이 떠오르기도 했다. 자경은 DVD장을 열어 CD 케이스를 꺼냈다. 오래된 건데 재생이 될까? 안 되려나. 자경은 떨리는 마음으로 본체 전원 버튼을 누른 뒤 시디롬에 CD를 넣었다. 마우스를 몇번 클릭하자 잠깐의 암전 뒤 팬 소음이 들렸고, 영화가 시작됐다.

제 2 부

다시 멀리서 보면

1

고등학교 시절 자경은 외로운 싸움꾼이었다.

"나 바지통 줄이래."

"누가? 찬수가? 찬수는 좆밥이라 신경 안 써도 돼."

뒤에서 실내화를 갈아 신던 자경은 운동화를 넣은 신발주머니를 꽉 쥐고 조용히 그 선배들을 따라갔다. 그리고 계단을 성큼성큼 올라 아빠를 좆밥이라 말한 선배의 머리통에 신발주머니를 갈기고 목울대에 주먹을 날렸다. 자경에게 그건 의협심이 아니라 책임감이었다. 아빠가 교문지도를 하는 날엔 애들이 '나이스 찬수' 하며 대놓고 무시하는데, 자식마저 아빠 욕을 듣고도 가만히 있으면 더 만만하게 볼 것 같았다. 자경은 복도에서 마주친 아빠의 정수리에 돌돌 말린 지우개 똥이 붙어 있는 게 싫었다. 만우절도 혐오스러웠다. 교복 입은 것들만 보면 이유 없이 화가 치밀어 차라리 외톨이가 되는 게 나았다.

고등학교 1학년 중간고사가 끝난 어느 날, 아빠는 소파에 누워 소설책을 읽는 자경에게 일어나라고 말했다. 아빠가 자경을 데리고 간 곳은 집 앞 비디오 가게였다. 아빠는 선불권을 끊고 자경에게 보고 싶은 영화를 고르라고 했다.

"자경아. 영화랑 책이 뭐가 다른 줄 아냐."

"다른 게 너무 많은데요."

"영화엔 러닝타임이라는 게 있어. 네 속도만 고집할 수가 없다는 거지. 다른 시간도 좀 따라가보고 그래라."

그날 자경이 고른 비디오는 「쉰들러 리스트」였다. 비디오 커버는 어른의 손이 아이의 손을 잡고 있는 포스터였는데, 영화에 얼마나 자신이 있으면 이렇게 단순한 이미지로 승부를 보려고 하는지 궁금해 고른 거였다. 영화가 끝난 뒤 자경은 비디오 커버를 물끄러미 바라보다 힘껏

끌어안았다. 그 순간을 시작으로 자경은 영화를 보며 그 시절을 버텼다. 아빠의 말처럼 영화 속 시간을 따라가다 보면 잠시 현실을 잊을 수 있었다.

열여덟, 자경은 떨리는 마음으로 청소년관람불가인 「대부」를 골라 카운터에 올려놓았다. 이혼 후 고향에 내려와 부모님의 가게 일을 돕던 애숙 언니가 자경과 비디오를 번갈아 보며 떨떠름한 얼굴로 바코드를 찍어 건넸다.

"명작이지. 네가 이 깊이를 이해할진 모르겠다만."

빨간 딱지라서가 아니라 이해 때문이라고? 자경은 언니가 비디오를 건네기 망설인 이유가 마음에 들었다. 어쩌면 언니와 친구가 될 수도 있을 것 같았다. 자경의 짐작은 맞아 떨어졌다.

"재밌게 봤어?"

언니는 자경이 반납한 「대부」를 받아들며 물었다.

"화면이 너무 어두워서 보기 힘들었지만, 끝까지 보니까 그렇게 찍은 이유를 알 것 같았어요."

"그렇지. 근데, 반대로 생각할 수도 있지 않을까?"

흥미롭게 듣던 언니가 그렇게 물었을 때 자경은 갸웃거렸다.

"혹시 새 무서워해?"

"새를 무서워하는 사람도 있어요?"

"따라와봐."

애숙 언니는 카운터를 벗어나 매대로 향했다. 그렇게 자경은 앨프리드 히치콕을 알게 되었다.

자경보다 열다섯살이 많은 애숙 언니는 연극영화과를 졸업한 배우 지망생으로, 지나치게 조숙한 자경을 징그러워하지 않고 '시네마 전도사'가 되어주었다. 자경은 애숙 언니와 함께 비디오 가게 뒷방에서 언니의 아버지가 어렵게 구한 고전 영화를 보고, 언니가 빌려준 영화 잡지를 읽으며 자랐다.

서울에 있는 대학교 국문과에 입학한 뒤, 자경은 학과 생활보다 연영과 수업과 영화 제작 동아리 활동에 더 열심인 학생이 되었다. 애초에 국문과에 입학한 것도 좋은 시나리오를 쓰기 위해서였다. 도제식 시스템인 영화판에서 자신 같은 성격이 살아남으려면 좋은 시나리오만이 무기라는 생각이었다. 타과생이라 기가 죽을 법도 했지만 자경은 청강이 안 되면 도강까지 해가며 맨 앞줄 귀퉁이에서 수업을 들었고, 방학 때 알바한 돈을 털어 사설 기관에서 편집 기초 수업을 들었다. 졸업 무렵엔 취업이고 뭐고 눈길도 주지 않고 동아리 회장을 맡았다. 졸업 후의 일상도 똑같았다. 학교 앞 롯데리아에서 아르바이트를 하며 시나리오를 써 공모전에 내고, 동아리 선후배들과 영화를 찍고 편집을 해 영화제에 냈다. 그렇게 자경은 스물여덟이 될 때까지 알바판과 영화판을 맴돌았다. 여섯편의 단편영화를 찍었으나 영화제에 가진 못했고, 장편 시나리오 두편을 써 제작사에 돌렸지만 연락이 오는 곳은 없었다. 그러니까, 자경에겐 아무런 성과가 없었다.

"선배, 내 영화가 왜 안될까?"

자경은 커피숍에 앉아 눈을 빛내며 답을 기다렸다. 그 시절 자경은 사람들의 생각이 너무나도 궁금했다. 피드백을 듣고 싶어서가 아니라 반박하기 위해서였다. 그 고집

스러운 성미에 질려 모두가 자경을 떠나갔다. 동아리 선배인 표다르만 빼고.

"네 영화는 뭐랄까, 너랑 닮았어. 극단적이고 불나방 같아."

표다르는 매번 신입생이 들어올 때마다 고다르 상영회를 열었는데, 성이 '표'씨이고 상영회가 끝나면 신 단위로 고다르를 분석하고 칭송해 별명이 표다르였다.

"극단적이고 불나방 같은 게 나빠?"

"네 영화 속 주인공들 좀 봐. 미션만 보고 달려가잖아. 너도 사람 만나면 영화 얘기만 하지? 연애를 하든가 술을 마시든가 교회 여름 성경학교라도 좀 가라고. 불필요한 장면도 있고 해야 영화가 숨을 쉬지."

자경은 그게 자기 욕인지 영화 욕인지 헷갈려 굳은 얼굴로 창밖을 바라보았다. 생각에 잠겨 있던 자경이 비장하게 말했다.

"나 이번에 단편 시나리오 제작 지원금 받았어. 이거 영화제 못 가면, 나 이제 영화 안 해."

"지원금 받았으면 찍을 생각이나 하지, 뭐가 또 그렇게 극단적이야."

"진심이야. 한국 영화계가 이 영화도 못 알아본다면 나한텐 더이상 보여줄 게 없어."

표다르는 낄낄거리며 자경을 보고 웃다가, 그것이 농담이 아니라는 것을 깨닫고는 어디 얼마나 대단한지 보자며 이메일 주소를 불렀다.

자경이 쓴 25신짜리 단편영화 시나리오의 내용은 이 랬다.

1970년대 작은 산골 마을. 주인공은 열두살 여자아이. 이장의 딸이다. 고요한 마을에 댐 건설 소식이 들려오며 주민들이 찬성파와 반대파로 나뉜 가운데, 반대파 주민들이 하나씩 사라지기 시작한다. 아이의 엄마 또한 보름 전 사라졌다. 엄마가 사라진 뒤 시름하던 아이는 어느 날 산비탈에 일렁이는 도깨비불을 보게 되고, 도깨비가 엄마와 마을 사람들을 잡아갔다고 믿게 된다. 다음 날 새벽, 아이는 도깨비를 처단하고 엄마를 구하기 위해 나무칼을 차고 불빛을 따라간다. 마침내 도착한 산중턱. 주인공은 이장인 아빠와 그의 똘마니들이 댐 건설 반대자들을 죽여 파묻는 광경을 보게 된다. 멀리서 봤을 때 엄마를 구할 실마리가 될 줄 알았던 희망의 빛은 아빠가 들어 올린 처참한 현실의 횃불이었던 것이다. 도깨비불의 실체이자 아빠의 실체를 보게 된 아이는 무력감을 느낀 채 횃불을 바라보다 발걸음을 돌린다.

촬영을 해달라는 자경에게 표다르는 만나서 이야기하자며 자신의 작업실로 불렀다.

"시나리오 어때?"

자경은 앉자마자 물었다.

"예산 얼마냐?"

"삼백."

자경이 답했다. 지원금으로 메우고도 부족한 금액은 카드론을 받을 생각이었다.

"너 그 돈으로 이 시나리오가 말이 된다고 생각해?"

자경은 표다르를 노려보았다. 그러거나 말거나 표다르는 자경과 시나리오를 차분히 삿대질해가며 말을 이었다.

"6신에서 헛간이 불에 타. 이걸 어떻게 찍을래? 방화로 감방 가고 싶냐? 70년대 배경 미술 비용은 어쩔래. 그리고 9신에서 실종된 줄 알았던 마을 사람들 떼로 이주하는 장면. 이거 엑스트라 인건비? 게다가 애가 주인공, 이건 말할 필요도 없고. 절반이 밤 신에 야외 신? 발전차 하루에 얼만 줄 아냐? 컷 바뀔 때마다 조명 세팅 다시 할 거 생각하면 회차 적어도 두배는 더 잡아야 돼. 이건 현실을 완전히 무시한 시나리오잖아."

"선배."

자경이 양손을 깍지 껴 마주 잡고 표다르의 눈을 똑바로 바라보며 말했다.

"내가 그걸 모를 것 같아?"

지원금 심사 2차 면접에서 심사위원들에게 이미 다 들은 지적이었다. 자경은 표다르에게 어떻게 말할지도 생각해두었다. 표다르가 물을 따르던 손을 멈추고 자경을 쳐다보았다.

"다른 사람도 아니고 선배가 그런 말을 하니까 정말 실망이다 선배⋯⋯ 선배가 그렇게 좋아하는 고다르가 현실적으로 가능한 것만 찍었으면, 선배가 고다르 영화에 광분했을까? 그 시대 사람들이 고다르 영화에 왜 열광했는지 한번이라도 생각해봤어? 말이 안 되니까 그런 거 아니야, 말이 안 되니까. 고다르 옆에 선배 같은 말 하는 사람? 많았을걸? 차를 날린다고요? 폭파시킨다고요? 이건 현실을 완전히 무시한 시나리오예요!"

흥분한 자경은 잠시 숨을 골랐다.

"난 찍기 편한 영화 만드는 감독이 아니라 불가능을 담는 감독이 되고 싶어. 나 믿고 촬영만 해줘. 나머진 내가 다 해."

표다르는 자경이 정말 그 모든 것이 된다고 믿고 있다는 걸 알아차린 뒤에야 마음에 안 차는 자식 결혼을 허락하는 부모처럼 말했다.

"그래. 네 멋대로 해라."

*

자경은 그 영화에서 자신이 원하는 게 무엇인지 어느 때보다 잘 알고 있었다. 단편 하나 잘 찍는다고 해서 인생이 바뀌지 않는다는 현실은 자신과는 무관한 일 같았다.

"이게 어떻게 지원금을 받은 걸까요?"

"심사위원들도 궁금했겠지."

"근데 불은 어떻게 내요?"

"보통은 어떻게 끌지를 궁금해하지 않니?"

회의실이 된 표다르의 작업실에서 자경은 스태프들의 쑥덕거림을 무시한 채 신 바이 신을 했다. 열두명의 스태프 모두 표다르가 모은 사람들이었다. 처음엔 회의적이었던 그들도, 자경이 자신에겐 마지막 영화나 다름없다고 말하자 안 되면 어떻게든 되게 하자는 방향으로 의견을 냈다.

자경은 표다르에게 많은 도움을 받았다. 제일 어려운 스태프 모집을 책임져준 것부터가 그랬다. 그에게는 자경에게 없는 다양한 경험과 결정적인 순간에 발휘되는 세심함이 있었다. 레퍼런스를 신당 서너개씩 가지고 와 보여주었을 때도, 적당히 좀 하라고 짜증 낼 줄 알았던 표다르는 "생각보다 잔잔한 느낌이구나"라며 자경에게 이것저 것 질문하더니 빈 종이에 콘티를 슥슥 그려 보여주었다.

"이런 식인가?"

자경은 물끄러미 콘티를 바라보았다. 자신의 머릿속을 찍어낸 것 같은 그림이었다. 자경은 비어져나오는 미소를 숨긴 채 말했다.

"어, 계속해봐."

표다르는 곧바로 다음 신의 컷들을 그리기 시작했다.

"그림 배운 적 있어? 진짜 영화 하려고 태어난 사람 같다."

자경이 흐뭇한 표정으로 표다르의 연필 선을 따라 채워지는 콘티를 바라보고 있는데, 종이에 시선을 고정한 채 그림을 그리던 표다르가 차가운 목소리로 말했다.

"너 내 그림 처음 보는 것처럼 말한다."

자경은 동아리 시절 그가 준 편지가 떠올라 멋쩍어졌다. 표다르는 하얀색 A4용지 귀퉁이에 주먹만 한 크기의 당나귀와 웃을 때 보이는 잇몸을 강조한 자경의 초상화를 그려 넣었다. 중앙엔 백석의 「나와 나타샤와 흰 당나귀」의 필사가, 그 아래엔 이런 문장이 적혀 있었다.

깡패 같은 네가

나타샤를 사랑하는 모습만큼은 아름다워서

마가리로 함께 가고 싶은 당나귀가.

자경은 그 편지에 답장하지 않았다.

2

영화의 모든 신을 무주에서 촬영하기로 했다. 현장의
베이스캠프이자 주인공의 집은 자경의 할머니 집이었다.
애초에 그곳을 염두에 두고 시나리오를 쓴 터라 답사차
마을을 둘러보았을 때 스태프들의 반응도 나쁘지 않았다.
헛간이 불타는 신은 횃불과 빈터를 이어서 보여주는 것으
로 타협했다. 자경은 그게 자기가 할 유일한 타협이라고
믿었다.

"이거 쌓이겠는데요."

조연출의 말에 스태프 모두 말을 잃은 채 봉고차 밖만
바라보았다. 첫날 도착한 현장에 함박눈이 내리고 있었다.

지난 3년간 한번도 눈이나 비가 내린 적이 없는 날짜였다. 자경은 무주에 한번 눈이 내리기 시작하면 어떻게 되는지 알고 있었다. 운 좋으면 정강이, 최악은 고립이었다.

"일단 짐 내릴게요."

자경은 차에서 가장 먼저 내려 트렁크에서 짐을 꺼내 들고 할머니 집으로 앞장섰다. 태연한 척했지만 머릿속에 서는 그날 찍을 신들이 어지럽게 흩어지고 있었다. 자경 은 현관을 열고 들어선 자신을 보자마자 껴안으려는 할머 니에게 인사를 하는 둥 마는 둥 하고 안방으로 들어갔다. 빨간 펜을 꺼낸 뒤 콘티를 바닥에 깔았다. 무릎을 꿇고 앉 아 실내에서 찍을 수 있는 신을 추렸다. 그러고는 일촬표 에 빨간 줄을 그어가며 미로가 된 머릿속에서 탈출구를 찾아다녔다. 사방이 배우 일정으로, 섭외해둔 장소로, 눈 으로 막혀 있었다. 무엇보다 카메라가 문제였다. 캐논에서 출시된 지 1년도 안 된 최신형 디지털카메라였다. 자경의 비장의 무기이자 대여료로 제작비의 3분의 1을 태운 카메 라. 눈을 맞으면 안 되는 카메라. 목덜미가 뻣뻣하게 굳는 것을 느낀 자경이 고개를 드니 어느새 몰려든 스태프들이 자경을 에워싼 채 내려다보고 있었다.

"구경났어요? 나 쳐다보고 있으면 답이 나와요?"

자경의 고함에 모두가 맡은 바에 따라 흩어졌다. 자경은 조연출과 PD, 표다르를 포함한 촬영팀을 불러 수정된 일촬표에 대해 회의했다. 그때 누군가 안방 문을 열고 고개를 들이밀었다.

"감독님, 밥하러 왔어요."

장난기 가득한 투로 말하며 들어온 사람은 애숙 언니였다. 부식 조달이 어려운 시골이라 밥을 사 먹을 수 없어, 자경은 부탁할 사람을 찾다가 애숙 언니에게 미리 도움을 청했다. 애숙 언니의 웃는 얼굴을 보자 해결된 것이 없어도 마음이 놓여, 내내 인상을 쓰던 자경의 얼굴도 조금 풀어졌다.

첫째날 촬영을 마치고 돌아온 자경은 눈을 감고 누워 머릿속에서 꺼지지 않는 컷들을 잇고 지우며 좇아갔다. 까무룩 잠들었다가 수정해야 할 대사가 떠오르면 번쩍 잠에서 깨는 식이었다. 자야지. 자야 내일 또 찍지. 그러던 차에 누군가 흐느껴 우는 소리가 들려왔다. 자경은 몸을 일으켜 가만히 소리에 집중했다. 부엌 쪽이었다. 자경은 캄캄한 거실을 지나 부엌의 미닫이문을 열었다.

"언니…… 왜 그래."

애숙 언니가 달빛이 들어오는 부엌에 앉아 울고 있었다. 어디서 난 건지 모를 소주 두병을 앞에 둔 채.

"깡소주 마신 거야?"

"어, 왜? 나 원래 안주 필요 없어. 얼른 들어가서 자."

자경이 흥 오른 술자리를 방해하기라도 했다는 듯한 말투였다. 언니는 그렇게 말하고 눈물을 훔치며 다시금 병나발을 불었다. 자경은 미닫이문을 붙잡고 선 채 잠시 그 모습을 바라보았다. 마시는 폼을 보니 한두번 해본 게 아닌 것 같았다. 멀뚱하니 서 있던 자경은 뒤돌아 조심히 문을 닫았다. 봐선 안 될 것을 본 기분이었다. 애숙 언니가 언니여서 자신에게 하지 못했을 속엣말이 가슴속에 차갑게 내려앉는 느낌이었다. 듣지도 않은 말들이 미리 무겁게 느껴져, 자경은 이부자리에서 몸을 만 채 한참 동안 이어지는 언니의 울음소리를 들었다.

둘째날 자경은 할머니가 꽁꽁 둘러 싸매준 머플러와 귀마개를 장독 위에 올려두고 윗마을로 향하는 언덕을 올랐다. 코와 귀가 떨어져나갈 것 같은 추위였지만 자경은 한번도 춥다는 말을 입 밖에 내지 않았다. 눈이 그치며 몰려온 추위 탓에 카메라 배터리가 십오분마다 방전됐다. 두 컷 찍고 멈추고 한 컷 찍고 멈추기를 반복했다. 꼭 써보고 싶었던 트랙은 지퍼도 열지 못했다. 저녁을 먹은 뒤 내내 콘티를 들여다보던 자경은 표다르에게 삼각대를 포기하고 영화 전체를 핸드헬드로 찍자고 말했다. 별문제 아니라는 듯 무심한 투였으나 표다르는 걱정된다는 얼굴로 자경을 바라보았다.

자경은 앞서 일어난 상황들에서 많은 것을 포기했지만 정말 중요한 것은 한번도 포기하지 않았다고 믿었다. 망한 영화라도 완성은 하겠다는 의지. 자경은 그것만 내려놓지 않으면 다음이 있을 거라고 믿었다. 그런 믿음으로 소리 죽여 한걸음 한걸음. 자경의 발은 카메라를 든 표다르의 뒤꿈치에 달라붙은 듯 움직였다. "컷" 하고 작게 말한 자경이 뒤돌면 스태프들이 그런 자경을 바라보고 있었다. 대기 중일 땐 화톳불 앞에 서 있으라고 말했지만 그들은 고맙게도 기어이 가까이 와 도울 게 없는지 어슬렁거렸다.

자경은 오분만 쉬자고 말한 뒤 자리를 떴다. 산등성이 풀숲에 노상방뇨를 하며 자신이 더 잘해야겠다고 마음먹었다. 크고 작은 문제가 있었을 텐데 들리는 소식이 없는 걸 보면 자기들끼리 어떻게든 해결하고 있는 게 분명했다. 자경은 부끄러웠다. 영화는 계획한 것의 10분의 1에도 미치지 못한 채 자신이 생각한 적 없는 방향으로 만들어지고 있었다.

사흘째 새벽, 추위에 떨다 들어온 스태프들은 기절한 듯 잠들었다. 잠든 스태프 중 얼굴 붉지 않고 콧물 맺히지 않은 사람이 없었다. 자경은 회의 후 조연출과 PD에게 먼저 들어가 자라고 하고 표다르가 데이터를 옮기는 동안 옆에서 기다렸다. 고요한 집 안에는 어느새 익숙해진 애숙 언니의 흐느낌만 들려왔다.

"내일은 트랙 펴볼까."

벽에 머리를 기댄 표다르의 코 아래 수염이 덥수룩했다.

"됐어. 트랙 얘기 꺼내지 마."

"근데 넌 안 춥냐? 배짱으로 승부 볼 거면 영화를 하지 말고 특수부대를 가지그래."

"내일 밤 신만 있지? 언덕부터 찍자. 남은 것 중에선 그게 제일 중요해."

자경이 동문서답하자 표다르도 자리에서 일어났다.

"내일은 귀마개랑 목도리 챙기라고. 이상한 걸로 고집 부리지 말고."

표다르가 방문을 닫고 나갔다. 안 그래도 이미 망했다 싶어 죽고 싶은데 자꾸 핀잔하는 척 자신을 살피는 표다르 때문에 마음이 약해져 자경은 더 죽고 싶었다.

자경이 촬영을 중단한 건 나흘째 새벽이었다.

카메라에 구덩이의 깊이감이 담기지 않아 자경과 스태프들은 손을 바꿔가며 삽질을 했다. 땅이 얼어 쉽지 않았다. 소품용 피로 얼룩진 옷을 입은 중년의 배우들은 화톳불 주위에 모여 스태프들과 함께 수다를 떨었다. 자경도 그 틈에 끼어 중간중간 손을 녹이며 구덩이를 바라보는 중이었다. 케이블 콘센트에 기기를 연결한 조명부 스태프들이 조명기를 옮길 때마다 구덩이 옆에 쌓아둔 흙의 그림자 각도가 달라졌다. 자경은 조명의 대비를 극단적으로 주기로 계획한 이 신을 걱정하고, 또 가장 고대했다. 표다르가 자경을 불러 앵글을 가리켰다.

'건졌다.'

자경이 속으로 생각하며 위치를 잡고 선 배우와 조명을 좌우로 움직이라 외치며 촬영을 막 시작하려던 차였다.

"앰비언스요."

음향감독이 빈 소리를 따겠다고 말하자 웅성거리던 산중턱이 고요해졌다. 그 공간만이 낼 수 있는 소리에 자기도 모르게 집중하게 되는, 자경이 좋아하는 순간이었다.

"뭐야?"

펑, 하고 무언가 터지는 소리가 들리는 동시에 주위가 칠흑같이 어두워졌다. 누군가 비명을 지른 것을 시작으로 한 치 앞도 보이지 않는 산속은 아수라장이 됐다. 자경은 어둠 속에서 두어번 넘어지며 조명기가 있는 산 중턱으로 기듯이 뛰어갔다. 그사이에 랜턴을 켠 조명감독이 "괜찮아요!" 하고 크게 외치곤 케이블 콘센트를 확인했다.

"전압 때문에 그런가봐. 다른 조명 찾아볼게."

조명감독이 그을린 장갑을 확인하며 말했다. 터진 조명기를 들여다보던 조명부 스태프 둘의 얼굴이 굳어 있었다. 더는 못 견디겠다는 듯 조명부 막내가 자경에게 말했다.

"저기요. 조명감독님 첫날부터 자면서 발 긁었어요. 지금 그런 사람 한둘이 아니에요."

조명감독은 자기 장비를 가진 중년의 프로였다. 밥을 먹으며 자경이 여기 오신 거 후회 중이시냐 농담하자 내내 과묵하던 그가 무표정한 얼굴로 좋다고 말했다. 이렇게 어이없이 무모한 시나리오도, 눈이 돌아버린 감독도 오랜만이라고.

자경은 구덩이에 시체 무더기를 파묻는 신을, 어지럽게 흔들리는 헤드랜턴 불빛에 하얀 눈 위에 흩뿌려진 핏자국이 이따금씩 나타나는 신으로 대신했다. 그리고 숙소로 돌아와 모든 스태프를 모아두고 말했다. 언덕에서 내려오는 신에 집중하기 위해 뒤에 이어질 나머지 신은 전부 지우기로 했다고.

동상 증상이 있는 스태프와 화상을 입은 조명감독은 병원으로 갔고, 다음 날 최소한의 스태프만 남아 짧은 신 하나 정도를 찍었다.

"괜찮아. 꿈을 통해 현실을 알았어."

표다르가 주머니에 넣어준 오예스를 먹으며 자경은 그렇게 말했다.

편집을 거쳐 완성한 영화의 러닝타임은 18분 21초였다. 튀는 컷을 억지로 이어 붙이고 어렵게 찍은 신이라도 들어갈 곳이 없으면 버릴 수밖에 없어 완전히 망해버린 최종본이었다. 자경은 그걸 영화제에 내는 대신 CD로 제작해 늦은 뒤풀이 자리에서 다시 만난 몇몇의 배우와 스태프에게 나눠주었다. 자신의 최선이 부끄러워 도저히 인정할 수가 없대도 어떻게든 완성해 함께 고생한 동료들에게는 보여줘야 한다는 게 자경의 생각이었다.

뒤풀이는 신정이 지나 해가 바뀐 1월, 을지로 골목의 노포에서 했다. 술이 들어가서 그런지 성토대회가 될 줄 알았던 뒤풀이 자리는 뜻밖에 화기애애했다. 하도 시끄럽게 수다를 떠는 바람에 주인 할머니가 다가와 조용히 하지 않으면 쫓아내겠다고 말할 정도였다. 피로가 씻겨 내려간 밝은 얼굴들이 낯설어 자경은 구석에 앉아 서먹한 미소를 지으며 그들을 바라보았다. 자리를 옮기자 하고 먼저 일어나려던 차, 늘 진지한 투로 '살아 있는 황소개구리를 꼬치에 꽂아 구워 먹는 신을 넣어야 한다'는 둥 '화면에 진짜를 담으려면 엄마 배우를 저수지에 빠뜨려야 한다'는 둥 잔혹한 제안을 일삼던 연출부 막내 혜연이 입을 열었다.

"침묵의 공공칠빵 어떠십니까."

모두 좋다고 했다. 양갈래로 머리를 땋고 나타난 혜연의 활짝 웃는 모습이 유독 밝고 예뻤다. 자경은 웃으며 글라스에 소주를 콸콸 붓고 맥주를 조금 흘려 벌주를 만들었다. 처음 걸린 사람은 늘 행동이 반박자 느린 제작부원이었다. 이어 '만세'를 놓치거나 뚱딴지같은 타이밍에 '만세'를 하는 사람들이 나왔다. 어리둥절하거나 망연자실한 표정의 그들과 그런 그들의 표정을 보고 고요 속에서 자지러지게 웃는 사람들의 얼굴을 바라보다, 자경은 눈시울이 붉어지는 것을 감추느라 연거푸 술을 마셨다.

뒤풀이가 끝난 뒤 표다르와 함께 을지로를 걷고 또 걸었다. 겨울이라 아침이 오고 있음에도 캄캄한 밤 같았다. 술도 깰 겸 첫 차도 기다릴 겸 그렇게 자경은 표다르와 앞서거니 뒤서거니 하며 말없이 걷고 또 걸었다. 그러다 어느 골목을 지나가던 순간이었다. 고장 난 가로등 한대가 깜빡, 깜빡, 점멸하고 있었다. 그 아래 놓인 쓰레기마저 미장센처럼 느껴진 그 순간 자경은 왈칵 표다르의 손을 잡았다. 가로등도 자신도 고장 난 것 같은 순간이었다. 멀리 대로변을 달리는 차들의 헤드라이트가 불투명하게 보일 정도였다. 당황한 표다르의 몸이 굳는 게 느껴졌지만 다행히 손을 빼거나 뭐 하는 짓이냐며 소리를 지르진 않았다. 외려 손을 넓게 펼쳐 자경의 손에 깍지를 껴왔다. 그러고는 잡은 손에 짧게 힘을 줬고 깊은 한숨을 쉰 뒤 곧바로 놓았다. 자경은 표다르를 바라보았다.

"나 혜연이랑 사귄다."

3초 정도, 자경은 머릿속이 하얘지는 것을 느끼다 서둘러 양손을 주머니에 쑤셔 넣은 뒤 표다르를 노려보았다.

"뭘 째려. 그럼 내가 너만 쳐다보고 있을 줄 알았냐? 너랑 같이 가는 게 아니었어. 너랑 같이 가는 게."

미친놈처럼 중얼거리다 죄 없는 쓰레기에 발차기까지 한 표다르를 바라보던 자경은 고개를 푹 숙였다. 쪽팔린 건가, 어지러운 건가. 표다르가 자신을 바라보는 것이 느껴져 자경은 번쩍 고개를 들고 말했다.

"그럼 여기서부터는 따로 가자. 그러면 되잖아."

자경은 표다르를 지나쳐 대로 쪽을 향해 걸어가기 시작했다. 그쪽으로 가면 뭐가 나오는지 그다음엔 어느 쪽으로 가야 할지 몰랐지만, 우선은 시끄럽고 밝은 곳을 향해 걸어야 할 것 같았다. 자경은 느리게 걸었다. 등 뒤에서 묵직한 발걸음 소리가 들리는 것도 같았고 착각인 것도 같았다. 자경은 표다르가 자신의 뒤를 따라와주었으면 했다. 언감생심 혜연이는 놓아주고, 그와 어울리는 자신의 곁에서 나란히 걷기를 택했으면 했다. 하지만 얼마쯤

걷다 멈춰서 돌아본 골목의 풍경은, 조금 전 자경이 머물던 때와는 전혀 다른 모습을 하고 있었다. 표다르가 사라진 거리에서 고장 난 가로등은 그냥 고장 난 가로등일 뿐이었다. 쓰레기도 그냥 쓰레기였다. 어떠한 영혼도 얼굴도 없는, 수많은 골목 중 하나의 골목이었다.

그렇게 해가 바뀌고 모든 것이 끝난 어느 겨울, 자경은 이제껏 다른 것들과 그래왔듯 극단적으로 영화와 멀어졌다.

3

자경은 엔딩 크레디트에서 스페이스 바를 누른 뒤 멈춘 화면을 바라보았다.

과거가 현실 같고, 현실은 꿈같았다. 크레디트 속 이름들의 얼굴이 영화보다 더 생생한데, 그렇게도 선명한 사람들이 어느 틈에 자신의 삶에서 흔적 없이 사라져버린 건지, 또 자신은 어째서 이토록 낯선 삶의 한복판에 서 있게 된 건지 알 수 없었다. 잠시 생각에 잠긴 자경은 손을 뻗어 스탠드를 켜고 창밖을 바라보았다. 열한시가 지난 밤, 열린 창 너머의 마당은 새카맣게 어두워 아무것도 보이지 않았다. 화면 속 이름들처럼. 자경은 문득 외로움을 넘어 두려운 마음이 들었다. 이렇게 모든 것이 멀어질 것만 같았다. 그런 게 삶이라면 더는 이어가고 싶지 않은 마음마저 들었다. 자경은 자기도 모르게 저기 창 너머, 마당 어디쯤에 있을 감나무를 좇으며 어둠을 가만히 바라보았다. 세상이 자신과 어둠만 남은 채 텅 비어버린 것 같던 찰나, 흔들리는 마른 잎이, 짙은 색의 감이, 가지와 몸통이 순서대로 얼룩처럼 드러났다. 잊고 있던 이상한 순간이 떠오른 건 그때였다.

촬영 마지막 날, 횃불 신을 찍으러 가던 때였다. 아빠에게 빌린 승용차 좌석에 스태프들을 태운 뒤 장비를 실었고, 자경과 표다르는 활짝 열린 트렁크에 나란히 앉았다. 밤이었지만 소복하게 덮인 하얀 눈 때문에 사위가 밝고 하늘은 씻어낸 듯 맑았다. 별이 보였나. 아니었다. 자경은 다른 걸 보았다.

트렁크에 사람을 태운 차는 느릿느릿 출발했다. 불을 환히 밝힌 할머니 집이 자경의 눈앞에서 멀어지다가 굽이길을 만난 순간 완전히 사라졌다. 자경은 고개를 돌려 어쩐 일로 조용한 표다르를 바라보았다. 고개를 옆으로 꺾은 채 논두렁을 바라보던 그가 황급히 자경의 팔뚝을 치며 말했다.

"보여?"

그의 손가락을 따라갔던 기억.

"빨간색이 아니라 파란색이구나."

저 멀리 산 중턱, 헐벗은 나무들 사이에서 세개의 푸른 빛이 희미하게 일렁이고 있었다. 그게 진짜 도깨비불이라는 걸 자경은 단번에 알 수 있었다. 눈을 하도 부릅떠 눈물이 흐르는 걸 손등으로 훔쳐가며 자경은 그 빛을 뚫어져라 바라보았다. 카메라를 켜 그것을 담으려던 표다르도 이내 관뒀다. 그렇게 두 사람은 덜컹거리는 차가 좁은 산길로 들어설 때까지 눈앞에서 서서히 멀어지는 푸른빛을 계속해서 눈에 담았다.

자경은 컴퓨터 앞에 펼쳐든 아빠의 일기장을 다시 집어들었다. 그리고 의문의 그 문장을 다시 읽었다.

⋯⋯인간을 기어이 살아가게 하는 삶의 소중한 빛은 언제나

멀고 희미한 곳에 있다! 이러한 통찰은 어떠한 교육으로도 가르칠 수 없는 인생의 선물이리라.

자경은 키보드의 좌측 화살표 버튼을 눌렀다. 엔딩 크레디트에서 멈춰 있던 화면이 10초씩, 10초씩 앞으로 돌아갔다. 그렇게 거꾸로 돌아가는 영화 속 시간에서, 자경이 멈춘 곳은 횃불이 피가 낭자한 눈밭을 비추는 장면이 아닌, 엄마를 구할 수 있다는 희망으로 멀리서 희미하게 일렁이는 도깨비불을 바라보는 소녀의 얼굴이었다. 아빠의 감상은 지나친 낭만만은 아니었을지 몰랐다. 희망을 갖고 불빛에 가까이 다가가려 했던 소녀의 마음은 가짜가 아니었으니까. 멀고 희미한 곳에서 반짝이는, 인간을 기어이 살아가게 하는 빛 또한 영화 속에 있었다. 자경은 도깨비불에 홀린 듯 핸드폰을 들어 통화버튼을 눌렀다. 시계도 보지 않았고, 망설이지도 않았다. 웅현에게 무엇이든 말해야 했다. 전화는 곧바로 연결됐지만 상대편에선 아무 말이 없었다. 자경은 숨을 깊이 들이마신 뒤 목을 가다듬었다.

"난 지금 제정신이 아니야."

자경은 정말 제정신이 아닌 사람처럼 말을 이어갔다. 너무 빠른 속도로 내뱉은 말이 뒤죽박죽 엉켜 이해하기 힘들 것이었으나, 웅현은 핸드폰 너머에서 고른 숨소리를 내며 자경의 말을 가만히 듣고 있었다. 장례 중에 집이 팔린 것, 태어나 평생을 살아온 집에는 돌아가신 엄마가 생전에 골라 심은 예쁜 감나무도 한그루 있다는 것, 그런 집을 당장 이틀 뒤에 비워줘야 하는 것, 몸살이 나도록 정리했건만 아직 다 정리하지 못한 짐 앞에 앉아 있다는 것. 자경은 차마 치울 수 없는 것들이라고 말했다. 이젠 어찌해야 할지 모르겠다고. 웅현은 앓는 소리와 함께 한숨을 쉬었다. 웅현의 한숨을 들은 자경도 숨을 골랐다. 대화의 속도가 그때부터 느려졌다. 아버지가 지난 목요일에 돌아가셨고 오래 누워 계셨다고. 웅현을 만나기 훨씬 전부터 그랬으며 웅현을 만나면서도 몇번의 고비를 넘겼다고. 그러느라 빚이 쌓였다고. 주말도 없이 일을 했지만 어떻게 돈이 이렇게까지 없을 수 있는지 모르겠다고.

"근데 웅현아. 너도 돈이 없잖아."

"아주 없는 건 아냐."

응현이 급히 대꾸했다.

"내 말이 무슨 말인지 알잖아. 우리 미래 말이야."

응현은 이번엔 대꾸하지 않았다. 자경은 핸드폰을 든 손을 바꿔 들었다. 벽을 바라보고 있던 시선이 반대편으로 향했다. 선반에 쌓인 돌과 전각용 칼, 노끈 꾸러미, 반쯤 찬 쓰레기봉투, 묶다 만 책과 일기장. 갈 곳을 잃어버린 것들이 아무렇게나 부려져 있었다.

"현실은 변하지 않잖아."

"변하지…… 않겠지."

"그래서 말을 못 했어."

"그래서 말을 못 했구나."

"그런데 왜 지금은 말할 수 있냐면,"

"있냐면?"

긴장한 채 자경의 말이 이어지기만 기다리는 응현의 모습이 눈앞에 그려지는 듯했다. 죄지은 것도 없이 주눅 든 얼굴, 바라는 걸 곧이 말하지 못하는 자존심. 자경은 그런 응현의 모습이 거울을 보는 것 같아 고개를 돌리고 싶었다. 하지만 그 순간만큼은 그렇지 않았다. 웅현이 듣고 있었고 그렇다면 말할 수 있었다. 약해진 마음으로 뻔한 미래를 향해 갈 마음을 먹을 수 있었다.

"그래도 우리가 같이 있을 수 있지 않을까 해서. 그런 선택을 해볼 수도 있지 않을까 해서."

잠깐의 침묵이 흐른 뒤 웅현의 담담한 목소리가 들려왔다.

"그거 참 바보 같은 선택이구나."

전화를 끊은 자경은 가방에서 칫솔을 꺼내 화장실로 가 양치질을 했다. 거품을 뱉고 입을 헹구며 자경은 마음이 편안해지는 것을 느꼈다. 곧 누군가 오리라는 사실 때문일 수도, 웅현에게 전부 털어놓았다는 개운함 때문일 수도 있었다. 통화 말미에 웅현은 고향집으로 오겠다고 했다. 오려거든 날 밝고 오라는 자경의 말에 웅현은 "아니아니, 지금 갈래" 하고 말했다.

"그럼 올 때 네 카메라 좀 들고 와."

감나무 앞에서 마지막으로 사진을 한장 찍고 싶었다.

응현이 찍어주면 더 좋을 것 같았다.

"삼각대도 챙길게."

응현이 웃음기 섞인 목소리로 답했다.

방으로 돌아온 자경은 바닥에 널린 물건을 밀어 빈자리를 만들고 앉아 다리를 뻗었다. 차가운 벽에 등을 기대자 열이 식는 게 느껴지며 눈꺼풀이 슬그머니 감겼다. 책장에 머리를 기댄 채 혼몽한 잠에 빠지며 자경은 꿈인지 생시인지 모를 순간들을 오갔다. 자경은 어딘가를 향해 걷고 있었다. 응현과 함께 돌들을 싣고 아빠가 자주 가던 절에 가는 발걸음은 꼭 미래의 생시 같았고, 골목을 돌아 멀어지는 표다르를 향해 가는 뜀박질은 잊었던 과거 같았다. 가벼운 걸음으로 낮은 턱을 넘어 유리문을 열면 카운터를 지키던 애숙 언니가 능글맞은 미소로 자경을 맞았다. 잠든 자경의 머리 위로 뚫린 창밖에는 어둠뿐이었으나, 자경은 환한 대낮과 대낮보다 밝았던 어느 밤들을 지나는 중이었다. 너무 꼭 쥐어 시들어버린 꽃 같은 순간들. 불을 환히 밝힌 할머니 집과 먼지처럼 작아지던 도깨비불, 툇마루에 앉아 마늘을 빻으며 큰 소리로 노래를 부르는 아빠, 잎, 눈, 구름 한조각, 계절을 입은 채 언제나 그 자리에 있던 감나무 아래를. 다시 멀리서 보면, 모두 거기에 있는 것들을.

그러니까 나한테 기대도 돼

김유담

김유나가 2020년 「이름 없는 마음」이라는 인상적인 단편으로 창비신인소설상을 수상했을 때 나는 이 작가가 쉽게 해명할 수 없는 마음의 결을 살피기 위해 애를 쓰고 있다는 느낌을 받았고, 그래서 앞으로 그의 행보를 응원하고 싶어졌다. 나는 문학이란 사람의 마음을 생각하는 일이라고 오랫동안 생각해온 사람이니까.

지극한 마음과 지긋지긋한 마음 사이에서

김유나의 첫 장편소설 『내일의 엔딩』을 읽으면서 나는 이 작가가 얼마간은 주인공 자경의 마음을 지닌 채 살아갔으리라고 짐작했다. 소설은 6년 남짓한 시간 동안 병든 아버지와 그 주변의 모든 것을 홀로 살펴야 했던 자경의 마음을 세밀하게 따라간다. 아버지가 뇌혈관 폐색전증으로 쓰러진 이후로 자경은 아버지의 보호자로 살아야 했다. 자경 자신의 삶보다 아버지를 돌보는 게 더 우선시되는 생활이었다. 보호자가 아닌 다른 정체성이 무심코 제안에서 튀어나올 때면 괜한 죄책감이 몰려왔다. 예를 들어 사치스러운 실크 스카프를 두르고 싶다거나, 연애를 하고 누군가를 만나고 싶은 욕구 앞에서 자경은 언제나 위축되곤 했다. 의식이 온전치 않은 아버지에게 자경은 유일한 친족이었고, 외동으로서 모든 것을 혼자 결정하고 혼자 감당해야 했다. 아버지를 사랑하는 마음과는 별개로 중압감에 자주 짓눌릴 수밖에 없었다.

"아빠에겐 자경이 있었지만, 자경에겐 이제 아무도 없"

다는 것을 체감하며 아버지의 집에 있던 어항 속에서 죽
은 물고기를 건져내던 자경의 마음, "숨 쉬고 살기 위해
필요한 건 다정함만은 아니었다"는 것을 자각하며 "살아
남는다는 건 징그러운 일인지도 몰랐"다고 느끼는 자경의
마음, 그럼에도 불구하고 아버지가 살아나길 간절하게 바
라는 자경의 마음은 무엇인지 쉽게 이름 붙일 수는 없지
만 깊이 공감할 수 있는 마음일 것이라 나는 생각한다.

사경을 헤매는 아버지를 향한 '지극한 마음'과 '지긋
지긋한 마음' 사이에서 자경은 갈팡질팡한다. 그러면서
도 자신이 해야 할 일을 한다. 끝까지 아빠를 사랑하는 일,
"투병생활은 작살내고 끝장내는 것이 아니라 끝이 보이지
않는, 일종의, 지긋지긋한" 일이라는 것을 인정하기까지
는 적지 않은 시간과 낙담이 수반되어야 했다. 자경은 아
버지의 병환과 그로 인한 생활고에 끌려다니고 있다는 생
각을 하며 이건 제대로 된 삶이 아니라는 고통스러운 감
정에 시달린다.

가끔 응현과 카페에 앉아 수년 전 찍은 핸드폰 속 사

진들을 구경할 때면 여행도 가고 연애도 하고 좋아하는 작가의 신작도 읽으며 스스로 결정한 것들로 시간을 채우던 나날들이 남의 인생처럼 낯설게 느껴졌다. 그때 자경은 삶이란 자신의 자유의지로 끌고 나아가는 거라고 믿었지만 이제는 아니었다. 삶이 자경을 끌고 갔다.(51면)

하지만 성실한 생활인이자 아등바등하는 보호자로 버텨내는 자경의 삶이 가치 없는 게 아니라고 소설은 호소력 있게 전달한다. 그건 자경을 홀로 키워낸 아버지의 삶이기도 했다. 아버지의 보호자가 되면서 자경은 자신을 여태껏 보호해준 존재의 힘을 뒤늦게 깨닫는다.

자경은 자신이 아닌 다른 무언가를 위해 사는 삶에 대해 생각했다. 예상하지 못한 어느 순간에 작고 여린 것을 태우고 가는 삶. 어쩌면 아빠도 그랬을까. 상처(喪妻) 후 남겨진 갓난아이를 업은 젊은 아빠가 어슬렁어슬렁 골목을 배회하는 모습이 그려졌다. 아주 느리게.(27면)

마지막을 지키는 돌봄

적절한 온도로 가족을 사랑한다는 것이 가능할까. 학생들에게 무시당하는 교사였던 아버지, 고지식하고 융통성 없는 아버지, 딸 하나만큼은 부족함 없이 키우기 위해 애썼던 아버지, 병상에 누워 퉁퉁 부은 얼굴로 가파르게 숨을 쉬는 아버지, 여러 얼굴을 가진 아버지에 대한 기억은 자경의 몸과 마음에 오래도록 각인된 채 때때로 각기 다른 감정을 불러일으킬 것이다. 소설은 이 감정들 사이를 헤매며 적절한 온도를 찾지 못해 허덕이는 마음 또한 사랑의 일부라는 걸 보여주는 것만 같다.

자경은 자신을 "외로운 싸움꾼"으로 만들었던 아버지를 아직 떠나보낼 준비가 되지 않았다고 느낀다. 온전하게 사랑하지도, 이해하지도 못했지만 그럼에도 그를 떠나보내고 싶지 않아서 버티고 또 버틴다.

"아빠. 이제 내가 계속 같이 있지 못해. 돈 벌러 가야 돼. 아빠가 있어야 내가 버텨. 무슨 말인지 알지."

자경은 아빠의 텅 빈 눈동자에 총기가 도는 것을 느꼈다.

"지금처럼 열심히 숨 쉬어. 들숨에 자경이, 날숨에 자경이."

자경은 아빠의 손을 말아 주먹을 쥐게 한 뒤 자신의 주먹을 살짝 가져다 댔다. 수능 시험장 앞에서 했던 것처럼.

"파이팅."(38면)

결국에는 아버지를 보내드릴 수밖에 없다는 걸 자경 또한 모르지 않았다. 소설은 외면하고 싶었던 마음을 차분하게 조명하며 정해진 엔딩을 향해 나아간다.

『내일의 엔딩』은 자경의 아버지 서찬수의 죽음에 관한 이야기인 동시에 그의 삶에 대한 이야기이기도 하다. "고등학교 선생님이었고, 퇴직하고는 시내에 돈가스 가게를 차렸다가 망했"다고 요약할 수만은 없는 삶이었다. 성실하게 일기를 쓰고, "어른도 수치심이 있어"라고 말할 수 있는 어른이었던 그의 삶은 소설에 촘촘히 녹아 있다. 의식을 잃은 채 어렵사리 숨을 쉬며 그가 자신의 삶이 이어지길 원했는지, 죽음을 원했는지는 정확히 알기 어렵다. 자경과 아버지가 겪은 6년간의 투병과 간병 생활은 결과적으로 명확한 엔딩을 향한 과정이었는데, 나는 어쩐지 그 곡진한 과정이 삶의 맨얼굴에 가깝다는 생각이 들었다. 사는 것만큼이나 죽는 것도 쉽지 않다. 급작스러운 사고가 아닌 한, 한 인간은 죽기까지 지난하고도 고달픈 시간을 통과해야 한다. 중병을 앓는 친족을 돌보는 일에는 많은 각오가 필요하다. 그것은 사랑과 책임의 일인 동시에 '돈 문제'이기도 하다. 자경은 한때 아버지를 돌보기 위해 휴직을 했으나 돈을 벌어야 했기에 아버지의 곁을 떠날 수밖에 없었다. 돌보기 위해 함께 보내는 시간을 포기할 수밖에 없는 아이러니한 상황을 우리는 너무 잘 알고 있다.

　요양병원과 간병인의 외주화된 돌봄을 이용하기 위해서는 홍보대행사의 팀장으로 일하는 자경의 수입을 넘어선 돈이 필요했다. "만기가 1년 남은 적금을 담보로 대출을 받아 버티다 한차례 사채까지 썼고, 언제인지 알 수 없는 시점부터는 카드사 두곳에서 리볼빙을 쓰"면서 자경은 점점 더 강퍅한 사람이 되어갔다. 죽음 또한 모두에게 안온하게 주어지는 것은 아니라고, 사는 문제만큼이나 죽는 문제도 돈 문제라고, 그만큼 삶은 가차 없는 것이라고 누군가는 이야기할지도 모르겠다. 하지만 이 모든 것을 자경 혼자 감수하는 것은 온당하지 않다. 소설은 그 부분을 여실히 보여준다. 효심이나 사랑의 문제로만 감당하기 어려운 돌봄의 비용을 어쩔 수 없이 감당하게 된 자경을 통해, 친족에게 모든 것을 전가하는 돌봄의 구조가 그들을 얼마나 고통스럽고 외롭게 만드는지 명확하게 지적한다.

능력이 닿는 한에서 아버지를 최선을 다해 모실 수 있었고, 마지막 순간 "잘 가, 아빠"라고 작별인사까지 나눌 수 있었던 자경은 그나마 운이 좋은 편에 속할지도 모른다. 아버지의 삶과 죽음 또한 그리 나쁘지만은 않았다고 나는 생각한다. 성실한 교사로 정년퇴임 때까지 자신의 자리를 지켰고, 아내를 잃은 슬픔을 딛고 한집에서 오래도록 살면서 아이를 기를 수 있었다. 또한 자식에게 끝까지 외면받지 않은 채 자신의 삶을 정리할 수 있었다. 이만하면 괜찮은 엔딩이고, 억울하지 않은 죽음이라는 말을 하려는 게 아니다. 나는 이 작품이 유난한 비참이나 슬픔을 전시하는 소설이 아니라는 점을 말하고 싶다. 어쩌면 서찬수의 마지막은 우리 주변에서 흔히 볼 수 있는 평범한 아버지의 엔딩에 가까울지도 모르겠다. 그런 엔딩을 마주하는 아버지를 사랑하면서도 버거워하는 마음을, 아버지 곁을 지키고 싶으면서도 멀리 벗어나고 싶은 마음을, 김유나는 유난스럽지 않게 담담하고 정직한 시선으로 그려낸다.

산다는 건 희망도 절망도 아니다. 해가 지고 달이 뜨는 것은 세상의 규칙일 뿐이고, 신에게는 아무런 의도가 없다.

자경은 다이어리에 그렇게 적은 뒤, 열대어 몇마리를 그려 넣었다. 마음을 내려놓아도 시간은 흘렀고, 슬픔과 고통과 카드값은 자경을 비껴가는 법이 없었다. (42면)

누군가를 돌본다는 것은 그만큼 자신의 삶을 내어준다는 것을 의미한다. 자경은 아버지의 투병 기간 동안 '자유의지' 없이 삶에 끌려다니는 것 같다는 기분에 시달렸지만 끝까지 포기하지 않고 외면하지 않는 사람이 되어간다. 타인과 상관없이 나 자신으로 사는 것, 고유하고 특별한 존재가 되는 것도 분명히 멋진 일이지만 오로지 나를 위해 살아가는 삶은 차라리 쉽지 않을까. 타인의 삶의 몫을 감당해본 자의 삶과, 감당하기를 피하고 외면한 자의 삶은 분명히 다를 거라고 나는 생각한다. 이상하게도 이 소설은 '그럼에도 불구하고' 감당하는 쪽을 택하고 싶다는 마음이 들게 한다. 그 길이 얼마나 녹록지 않은지를 가감없이 보여주는 자경의 생활을 따라가면서 슬픔을 감당하는 삶의 힘을 오래도록 생각하게 하는 소설이다.

엔딩 이후를 도모하게 만드는 힘에 대하여

아버지의 죽음이라는 엔딩은 예측 가능하지만 그 엔딩

에 수반되는 슬픔이 급습하는 순간은 예측 불가이다. 나를 존재하게 해준 사람, 그리고 나의 존재를 빛나게 해준 사람을 잃어버린 자경은 어떻게 살아갈 수 있을까.

나는 자경이 아버지의 유품을 정리하면서 과거의 자신과 대면하는 장면이 퍽 좋았다. 자경은 영화감독을 꿈꿨던 대학 시절에 찍은 영화를 아버지가 없는 옛집에서 혼자 돌려 보면서 멀고도 희미한 빛에 대해 생각한다. 결코 다시 돌아갈 수 없는 과거의 순간이 자경이 가장 힘든 순간 버팀목이 되어준 것이다. 그리고 그것이 가능하게 한 것은 자신의 과거를 간직해준 아버지였다. 다시는 만날 수도, 만질 수도 없는 아버지가 남겨둔 아주 희미한 빛.

자경은 환한 대낮과 대낮보다 밝았던 어느 밤들을 지나는 중이었다. 너무 꼭 쥐어 시들어버린 꽃 같은 순간들. 불을 환히 밝힌 할머니 집과 먼지처럼 작아지던 도깨비불, 툇마루에 앉아 마을을 빻으며 큰 소리로 노래를 부르는 아빠, 잎, 눈, 구름 한조각, 계절을 입은 채 언제나 그 자리에 있던 감나무 아래를. 다시 멀리서 보면,

모두 거기에 있는 것들을.(136~137면)

희미하게 일렁이는 도깨비불보다 더 소중한 것은 그것을 응시하는 인간의 얼굴이라는 걸 자경은 자신의 과거를 통해 깨닫는다. 그래서 조금 더 용기를 내보기로 한다. 돈이 없으니 우리 미래가 빤하다고 생각하며 외면하려 들었던, 응현에 대한 마음을 직시하며 조금 더 나아가보기로 한다. 아버지와 이별한 자경이, 혼자가 된 이후에 더 사랑하는 쪽으로, 덜 혼자가 되는 방식을 택하는 쪽으로 소설의 인물에게 손을 내밀어준 이 작가가 미덥다는 생각을 했다.

우리를 둘러싼 모든 것은 사라질 수밖에 없고 우리는 모두 정해진 엔딩을 향해 나아가고 있는지 모른다. 그러나 시시한 삶의 그 지난한 과정 속에 아주 잠깐씩 빛나는 순간이 있는 거라고, "다시 멀리서 보면, 모두 거기에 있는 것들", 그것을 우리는 아름다움이라고 부를 수 있다고 이 소설이 얘기해주는 것만 같다. 너는 혼자로만 존재하는 사람이 아니라고, 그러니까 '너'에게 곁을 내어주는 사람들을 너무 두려워하지 말라는 메시지를 건네며 소설은 엔딩 이후를 기약한다. 우리가 상실한 많은 것들이 실은 우리를 살게 한다는 걸 이 소설을 통해 배웠다. 기울어지고 연약한 마음을 서로에게 조금 기대는 방식으로.

金裕潭 | 소설가

『내일의 엔딩』을 쓰던 여름엔 많이 걸었다. 느릿느릿 배회하듯 걸어도 턱 밑으로 땀방울이 떨어지고 모자 속은 찜통이 되는 날씨였다. 종아리를 모기에게 엄청나게 뜯겼다. 그럼에도 걸었던 이유는 언덕 너머의 짧은 터널을 통과하기 위해서였다. 빛이 완전히 차단된 터널 속을 걸을 때면 여름도 한낮도 다른 세상처럼 지워졌다. 소리의 울림과 공기의 흐름, 냄새마저도 달랐다. 터널이니 당연한 걸까? 어쨌거나 그 터널을 통과하며 나는 다른 차원에 존재하고 있을, 이제는 곁에 없는 사람들을 떠올렸다. 터널을 지나는 순간만큼은 시간이 과거에서 미래를 향해 직선으로 흐르는 것이 아님을 느꼈고, 어느 순간엔 정말로 그렇게 믿게 되었다. 그 터널을 걷던 시간이 있었기에 마음 편히 용기를 내는 엔딩의 방향으로 자경을 밀어줄 수 있었다. 소설 속 인물들과 함께 걷던 여름의 터널을 이제 막 빠져나온 기분이다.

소설이 책으로 나와 독자에게 도착하는 것은 나의 오랜 꿈이었다. 내게 그 일은 말 그대로 꿈. 용을 타고 날거나 곰과 싸우는 것처럼 느껴져 현실이 되리라곤 생각하지 않았다. 그런 나에게 창비의 박지영 편집자님이 다정히 용기를 주셨다. 용 좀 타고 날 수도 있지 않으냐고. 곰도 다뤄볼 만한 상대가 아니냐고. 그 응원 덕분에 원고를 넘길 수 있었다. 처음 써보는 분량의 소설이 곧바로 책으로 나온다는 두려움을 이해해주신 것에 늦은 감사를 전한다. 더불어 소설의 가려운 부분을 시원하게 긁어주신 편집계의 효자손 한예진 편집자님, 멋진 발문을 써주신 김유담 작가님, 감격의 추천사를 써주신 정용준 작가님이 있어 오랜 꿈을 일찍 껴안을 수 있게 되었다.

'그건 그리 어려운 일만은 아니'라고 응원해준 애매 동인 친구들, 백살까지 함께 소설을 쓰고 읽을 소백산 친구들, 나의 온탕 철현씨와 나의 냉탕 말순씨, 이 소설을 쓰며 덜 만나고 자주 떠올린 나의 두 언니에게도 고마움을 전한다.

끝으로 『내일의 엔딩』의 씨앗이 되어준 이. 자신의 영화 「소설小雪」의 촬영 현장에서 때 이른 첫눈이자 함박눈을 바라보며 쌍욕을 뱉었던 좁쌀영감. 그를 눈밭에 남겨둔 채 극작과 입시를 보러 서울로 향하던 순간이 선한데, 그게 벌써 10년 전이다. 긴 시간 자신에게 찾아온 절망을 지나왔음에도, 그는 나에게 자신이 아는 절망 대신 그 절망을 다시 멀리서 보는 법을 알려주었다. 차분하게 이상한 여자에게 시든 꽃을 내밀어준, 삶과 이야기는 내 생각과 다른 방식으로 언제고 다시 시작될 수 있다고 말해준 좁쌀영감에게 특별히 감사의 말을 전한다.

2024년 가을
김유나

내일의 엔딩

초판 1쇄 발행/2024년 9월 25일
초판 2쇄 발행/2025년 2월 26일

지은이/김유나
펴낸이/염종선
책임편집/한예진
조판/박지현
펴낸곳/(주)창비
등록/1986년 8월 5일 제85호
주소/10881 경기도 파주시 회동길 184
전화/031-955-3333
팩시밀리/영업 031-955-3399 편집 031-955-3400
홈페이지/www.changbi.com
전자우편/lit@changbi.com

ⓒ 김유나 2024
ISBN 978-89-364-3964-4 03810